DANGER PUBLIC

Du même auteur

Aux mêmes éditions

Brave Petite,
roman, 1986

DOMINIQUE MULLER

DANGER PUBLIC

roman

ÉDITIONS DU SEUIL
27, rue Jacob, Paris VIᵉ

ISBN 2-02-010288-9

Pour Pascal, le roi du Dauphin.

0

C'est Mme Lecourtois
qui coud mes trousseaux

Mes parents m'ont appelée Claude, parce qu'ils savaient bien qu'ils n'auraient qu'un enfant.

Ma venue les délivra d'un coup des chorégraphies ratées de leur copulation conjugale.

J'ai six ans, je suis à la fenêtre du balcon de la cuisine, celui qui donne sur la cour goudronnée; la pointe de mes sandalettes écrase le tabouret, et je regarde en bavant de désir la clique des enfants Barthélémy qui braillent en jouant à chat.

— Claude! Rentre immédiatement! Ferme cette fenêtre! Tu vas prendre froid!

Je voudrais qu'ils meurent. Tous: ma mère, les locataires de mon immeuble nonchalamment occupés à arroser les géraniums au soleil, les rejetons Barthélémy, gueulards et insouciants, les habitants de cette cochonnerie de ville qui flânent en liberté sur mon trottoir. Ce sont pour la plupart des salariés qui viennent se faire examiner à la Médecine du Travail, juste en face du balcon de ma chambre. J'ai la bouche gonflée de noyaux de cerise, je les crache un à un, en visant les crânes, cheveux bouffants et chapeaux mous. Ça marche parfois, pas souvent ; alors je me ratatine, accroupie contre un autre tabouret, plus joli, aux pieds en forme de lyre, pas comme celui de la cuisine, ordinaire, en bois blanc.

Après quoi je rentre, je ferme la fenêtre en faisant attention de ne pas salir mon tablier, et je vais répéter mes gammes sur un troisième tabouret, à vis tournante, au siège rond tapissé de cuir noir qui suçonne mes cuisses maigres. Je suis une enfant très obéissante, patiente, lente, muette, abrutie. Elle est trop renfermée, cette gosse. Je couve.

J'ai huit ans. Claudine Kaufmann, la fille de l'un des nombreux avocats de mon père, notre voisin, est encore montée sur le toit des garages, en grimpant le long de la gouttière, les genoux au menton, aussi vive qu'une reinette. Elle m'adresse de là-haut une grimace affreuse, gueule : « Hé ! Claude ! T'en as, là, ou t'en as pas ? », en me montrant sa culotte. J'attends qu'elle tombe, qu'elle explose sur le bitume de la cour dans un jaillissement de cervelle. Au lieu de ça, elle galope hardiment en appelant le petit Fanfan qui vient d'être trépané et cogne au carreau son turban de bandages, elle hurle après les mouflets du concierge, à qui c'est qui veut voir son kiki.

La suite, je ne la connaîtrai jamais, ma mère a refermé en hâte la porte-fenêtre, je suis happée par le trou noir de l'appartement, et me voici à nouveau courbée sur mon clavier, un peu en crabe à cause de la scoliose naissante qui me tirebouchonne la colonne vertébrale. Bien des années plus tard, le hasard m'apprendra que la Claudine, mariée, élève sa turbulente marmaille dans l'appartement de son enfance. Peut-être, parfois, glisse-t-elle encore le long de la gouttière, la nuit, quand tout le monde dort, pour rappeler le souvenir de ses exploits de petite cochonne acrobate...

Je suis blême. Je suis maigre. J'ai le regard torve. Je suis trop grande pour mon âge. Je suis constamment « dans la lune ». J'ai des cheveux si raides qu'il n'y a rien à en faire. Je suis toujours un peu tachée, jamais convenable, de la morve par-ci, des croûtes par-là. Je me gratte souvent. Je devrais me faire opérer des oreilles pour les recoller. J'ai de gros genoux qui frottent en marchant. Je trébuche sur l'arête des pavés car je suis myope et la maîtresse de mon école ne s'en est pas encore aperçue. Je suis laide, laide, laide. C'est ma mère qui le dit et les enfants ne discutent pas.

Quelque chose, pourtant, ne concorde pas. Sur les « pêle-mêle » qu'expose ma grand-mère, qui serait cette délicieuse petite fille empruntée, au délicat visage propret de fillette bien soignée ? Qui serait cette exquise poupée au lourd chignon surmonté d'un nœud plat, les yeux écarquillés pour fixer l'objectif, qui pose en gants blancs devant un fouillis de roses ? Sa robe de patineuse est fermée de boutons jaunes figurant les cœurs de marguerite dont Mme Lecourtois, une femme « de l'intérieur » poussée par les malheurs jusqu'à cet exil frontalier, a brodé les pétales à la main autour des boutonnières.

C'est Mme Lecourtois qui coud mes trousseaux et mes harnachements volantés, car il n'est pas question de m'habiller « en confection », comme les autres. Pas même chez Jeunesse, où, pourtant, ça coûte. Il faut que les voisins en crèvent, d'apercevoir au hasard d'un coup de vent — une bise coupante s'abat régulièrement sur la ville —

la doublure de mon duffle-coat assortie aux carreaux de mon pantalon.

J'ai douze ans. C'est l'hiver. Il neige, comme souvent. J'attends l'autobus pour aller au lycée. Je porte un manteau croisé écossais, un béret jaune, des collants assortis, jaune poussin, jaune layette, jaune bébé, et des après-skis craquelés que Lucie enduit chaque matin de blanc d'Espagne à l'aide d'une brosse à dents. Mes jambes jaunes n'en finissent pas, ma taille dérange l'ordonnancement des photos scolaires et des rangs de gymnastique, faisant claquer la langue d'agacement au photographe, au professeur. Je monte dans le bus, ma carte scolaire au poing, et j'entends fuser les rires aigus de minets avant la mue. Je ne sais pas, à cette époque, que les garçons ricanent pour un rien. Mes collants bouton d'or, mes oreilles d'éléphant, mes gros genoux me font horreur. C'est vrai qu'il y a de quoi rire, et je ris, moi aussi, fondue dans une honte veule, en enfournant le béret poussin dans mon cartable, trébuchant sur les semelles ferrées de mes godillots blancs. Je les déteste, je déteste tous les garçons y compris le chauffeur du bus, et je déteste les filles aussi, parce qu'elles ont des collants foncés.

La haine est un sentiment exigeant. Je parle en connaissance de cause. Qu'on l'oublie un peu trop longtemps, la voilà qui se dégonfle, qui s'étiole, dépérit. Pour en recueillir les fruits pleins et juteux, il faut la nourrir régulièrement. C'est alors un plat de gourmet, pour peu qu'on l'assaisonne de méchanceté longtemps marinée dans le brouet des humiliations. Déclencher les circonstances propices à son alimentation demande un tri, des choix, un savoir-faire dont l'enfance n'est évidemment pas capable.

Ainsi, des années durant, le hasard seul a-t-il fourni ma provende, miettes et rogatons divers que je stockai laborieusement dans les replis de ma cervelle. Les pavillons de mes oreilles amplement déployées recueillaient sans relâche moqueries et quolibets, soutenus par mon regard flou, d'autant plus inventif qu'il devenait nébuleux, gagnant en suggestions impressionnistes ce qu'il perdait en détails réalistes. J'attendais mon heure, studieuse et appliquée.

Partout, les poupons naissent dans les choux. Dans l'Est, c'est la cigogne qui les apporte, de nuit, dans le bruissement de ses grandes ailes bordées de noir. J'ai longtemps déposé sur le rebord de la fenêtre quelques morceaux de sucre en guise d'appât, afin que le volatile au long bec vienne les croquer, et dépose du même coup le baluchon du petit frère auquel j'aspirais comme compagnon de misère. J'avais déjà traîné des mensonges de gosse, une armada de cousins fantômes, élégants, désinvoltes, que je décrivais à mes camarades de classe comme autant de jumeaux de Claude François ou Sacha Distel. Ceux-là se perdirent aisément dans les brumes lointaines de collèges étrangers, voire dans les débris d'accidents tragiques, lorsque vraiment les questions se faisaient par trop insistantes. Je ne parvins jamais à me défaire du petit frère (celui que la cigogne n'apportait pas) dont j'avais froidement annoncé la venue à mon professeur de piano — j'ignorais encore tout des procédures de la procréation — entre une sonatine de Diabelli et un « passage du pouce ».

15

« Ah tiens ? Votre maman a eu un bébé ? Vous devez être contente ! »

Cette révélation lancée en l'air me poursuivit jusqu'à ce qu'enfin je sois entrée au Conservatoire, débarrassée de la vieille bique dont j'attendais avec des sueurs glacées la question rituelle de la fin du cours : « Et comment se porte monsieur votre frère ? », qu'elle susurrait dans un sourire bilieux. A raison d'une leçon par semaine et d'une rencontre mensuelle avec ma mère venue régler le prix de mes exercices, je connus près de cinq cents malaises proches de l'évanouissement, dans la terreur du pot-aux-roses, encombrée de ce frère qui prenait de l'âge, en vivant une vie imaginaire bourrée de péripéties destinées à expliquer sa mystérieuse absence, tandis que Mademoiselle buvait son petit lait.

Les enfants Barthélémy grandirent, et un à un désertèrent la cour, sauf la petite dernière, mongolienne baveuse aux gros yeux dénués de cils, qui déambulait sans fin en traînant derrière elle une voiture de poupée. J'avais passé l'âge de lui cracher des noyaux de cerise sur la tête, les gamins du nouveau concierge me relayèrent en lui balançant dessus les épluchures de la poubelle, et des Malabars roses imbibés de salive, qui se collaient à ses cheveux et qu'elle tâtait fièrement.

Le jour arriva où la petite Barthélémy disparut de la cour pour aller trimballer sa carriole dans une institution spécialisée. Ma mère m'apprit d'un air gourmand que les services sanitaires en avaient profité, dans la même foulée, pour enfermer Mme Barthélémy derrière les portes capitonnées d'une maison de repos. Une femme assez ordinaire, à en juger par le rouge à lèvres provocant qu'elle arborait jusque chez l'épicier où, entre parenthèses, elle laissait une ardoise plutôt chargée. On ne pouvait lui jeter la pierre, usée jusqu'à la pointe des nerfs par cette enfant couverte de bave à essuyer du matin au soir. Une telle souffrance, une si monstrueuse fillette, l'avaient rendue aphasique. Ma mère se délectait de la prononciation d'aphasique : Mme Barthélémy lui avait donné l'occasion d'employer enfin dans la vie le nom d'une maladie jusquelà abstraite, cantonnée aux grilles des mots croisés.

Sous les yeux dissimulés derrière les judas, le père, demeuré seul pour élever les gosses restants, enlevait avec un soin scrupuleux la crotte déposée chaque matin sur son paillasson.

La famille Barthélémy déménagea, chassée par l'opprobre silencieux des locataires de leur escalier.

La petite Barthélémy, dominée par la crise pubertaire de son corps, passait ses journées dans l'ascenseur à se caresser frénétiquement le sexe avec des yeux fous. C'est du moins ce que clama en termes crus le fils de la concierge, une petite crapule, en les regardant enfourner leur mobilier dans une camionnette de location.

Plus rien ne vint alléger le silence de la cour, sinon les éclats de disputes conjugales, jaillis des cuisines, vite brisés par le claquement sec des fenêtres, maintenant qu'il n'y avait plus le grincement doux des roues de la voiture de poupée. Et je regardais jusqu'à loucher, en me rongeant les ongles, les arbres taillés en boule au milieu des ronds de gazon. Je n'avais plus depuis longtemps besoin du tabouret, qui restait sur le balcon, écaillé par les saisons.

J'ai largement dépassé l'âge d'aller jouer dehors, et mes mythiques compagnons de joie ont tous filé vers leur ado-

17

lescence, lorsque j'en obtiens enfin la permission. « Va donc t'asseoir un peu dans la cour, pour apprendre tes leçons. Ça te fera prendre l'air, tu es si grise ! » J'ai seize ans, et ça fait belle lurette que je n'aspire plus à dévoiler mes attraits maigrichons aux gamins du voisinage.

J'apprenais avec difficulté à respirer ailleurs, dans le sillage des parfums de camelote de mes camarades de lycée. Ces créatures arrogantes et désinvoltes, toujours en retard au gymnase, vêtues de shorts trop petits qui leur entraient dans les fesses, arpentaient l'entrée du vestiaire des garçons, passaient, repassaient, la moue boudeuse et les cheveux relevés en nid vaporeux, comme Valérie Lagrange et Pascale Petit. Je restais assise à les attendre, contemplant mes genoux en chou-fleur épanouis au ras de mon short trop long, impeccablement blanc et repassé, toujours neuf. Pour leur ressembler, j'aurais donné tout ce que j'avais à offrir : mon concours d'entrée au Conservatoire, mes heures de labeur, mes premiers prix de langues mortes, mes tableaux d'honneur, toutes ces timbales impossibles à décrocher par ces insouciantes paresseuses étiolées dans le mouroir de la classe. Tout cela, que je possédais au centuple, je leur aurais donné gratis contre la griserie d'être un instant à leur place, dédaigneuse et belle. J'avais jeté mon dévolu sur Chantal Wolarski, particulièrement pulpeuse, élève déplorable qui ne cherchait même plus à rattraper ses années de retard scolaire. Horriblement gênée, je me décidai à lui proposer de lui fournir ses devoirs pour la semaine entière, à condition qu'elle me permette de l'accompagner au Snack Michel, le quartier général des filles délurées où les guettaient des garçons plus vieux qu'elles. Dès l'aube de mon grand soir, je m'étais habillée et dévêtue vingt fois, avec mes fichus trousseaux sur mesure, j'avais acheté au Monoprix un crayon à paupières et un bâton de rouge, avant d'attendre dans la fièvre la fin de cette interminable journée. Chantal Wolarski prit distraitement les devoirs que j'avais poussé le zèle jusqu'à lui recopier en contrefaisant soigneusement son écriture. Sous prétexte de me maquiller, elle m'entraîna dans les cabinets, m'engloba la bouche sous les volutes d'une langue volontaire qui glissait, rose, entre ses lèvres brillantes, suçota mes dents serrées avec des clapotis de salive. Je demeurai aussi inerte qu'un soliveau, coincée entre la cuvette et son corps chaud. Elle laissa fuser son rire vulgaire en me plantant en plein cœur ses yeux violets et son refus : « Pas de ça, Claudette ! Le Snack, c'est chez moi, pour des filles comme moi. Celles dans ton genre, ça peut tout juste rester chez soi et travailler pour les autres. Tu as vu comme tu es fagotée ? Et tu ne sais même pas embrasser ! » Avec l'intuition lucide des idiotes qui vivent d'instinct, elle avait mesuré d'un trait ma lamentable situation.

Les années passèrent, à me morfondre, à attendre. Le trou noir de l'appartement resta le témoin ombreux et muet de l'agonie sans issue de la petite fille qu'on m'obligeait à rester. Le boyau du couloir emprisonna dans ses poussières, sous ses tentures de velours, les cris étouffés de ma mère, son obsession jalouse, ses doigts suspicieux crochetés aux poches, aux valises de mon père, tandis qu'elle me prenait à témoin de son abandon.

Un ennui ouatiné, sans âge ni avenir, cimenta ma solitude.

Qu'êtes-vous devenues, Joëlle Latour, Claudine Kaufmann, Jeannine Henry, Nicole Heller ? Et le petit Fanfan, avec ses bandages, et Jean-Baptiste, et Blaise, qui ricaniez sur mon passage ? J'ai revu Chantal Wolarski, alanguie sur une plage, son corps doux un peu flasque, déjà. Cachait-elle les rides courant aux coins de ses yeux violets, sous ses lunettes noires ? Elle ne m'a même pas reconnue.

1

La petite Barthélémy

Quelques heures en chemin de fer, l'aller-retour en moins d'une journée, et je me suis retrouvée avec ce paquet sur les bras. L'employé des pompes funèbres avait farfouillé dans un placard empli de cartons identiques, avant d'en extraire le numéro 5683, mon père, réduit à ce pot de cendres que j'ai trimballé dans un sac en plastique de supermarché.

Comme une voleuse, j'ai pris aussi les deux lingots que j'avais trouvés dans le tiroir de sa table de nuit, entre des lettres non ouvertes et des photos de femmes, souvenirs de bamboches, clichés d'après-dîner, où des gens que je ne connaissais pas s'esclaffaient autour de bouteilles vides. Puis j'ai filé jusqu'à la gare, pour quitter cette ville, retrouver Paris.

Ensuite, il m'a fallu trois mois pour me décider. J'ai finalement confié à ma concierge, avec les plantes à arroser, les clés de mon obscur appartement, abandonné pour un temps les recherches bibliographiques sans éclat que je poursuivais jusqu'alors à la bibliothèque de l'École des Chartes pour le compte d'un éditeur assoupi de la rue de l'Abbé-Grégoire. De chez moi, j'ai pris mon album, les photographies de tous mes âges, toutes ces Claude évaporées dans le passé, des quantités cafardeuses d'oreilles et de genoux, de fronts dégagés par des coiffures tarabiscotées, macarons collés aux tempes, chignons enveloppant des boudins de tulle, tresses mêlées à des flots de rubans, retenues sur le sommet du crâne.

Tout ça, mon père, les photos, les lingots convertis en sous, je l'ai fourré dans un sac, déterminée à faire le voyage jusqu'à l'asile de Salbris, au cœur du Loir-et-Cher.

J'avais eu beaucoup de mal à retrouver la petite Barthélémy, me cognant à l'indifférence des services de l'Assistance sociale, à leurs soupçons, avant d'échouer devant le bureau d'une jeune femme à la voix douce et aux paupières largement fendues entièrement soulignées de noir. A bout d'arguments et de patience, je lui avais raconté, simplement, la vérité. Le visage hébété de ma petite voisine ne m'avait jamais vraiment quitté, je me réveillais en sueur au souvenir des sanglots terribles qui l'avaient hachée lorsqu'on l'avait séparée de sa voiture de poupée pour l'emmener dans son pensionnat. Cela faisait maintenant douze ans qu'ils avaient quitté notre immeuble. L'enfant d'alors, si elle traînait encore sa vie, devait être âgée d'un peu plus de vingt ans, comment savoir, je ne me souvenais que de sa grosse tête ballottée aux yeux si pâles, sans cils, de sa grosse bouche édentée aux lèvres béantes comme un abcès, de son cri interminable. La jeune femme de l'Assistance hochait la tête en tripotant ses fiches.

Elle me regarda, et dit, plus un jugement qu'une question :

— Vous vivez seule.

— Oui.

Elle hocha encore la tête :

— Ce sera long. Mais je chercherai, je vous promets de faire de mon mieux.

Quelques mois plus tard, j'avais reçu un mot laconique sur un papier préimprimé de l'administration, qui m'apprit que l'assurée sociale 2.58.67.482.137 était placée dans une maison de retraite nommée « l'Hermitage », à Salbris, Loir-et-Cher. En face de la ligne « motif du placement », figurait, dactylographié : « Prise en charge par la DDASS, invalidité totale, parents décédés, pas de visites. » Une écriture anonyme ajoutait à la main : « Vous n'avez aucun droit à ces renseignements. Elle a besoin qu'on s'occupe d'elle. Bonne chance », au bas du formulaire rose. Voilà pourquoi je suis partie, avec mon sac de voyage et l'adresse de l'Hermitage, le long de cette voie ferrée vaporeuse de pluie.

A Salbris, j'ai marché à la recherche du réparateur-garagiste, qui fait aussi le taxi, à l'occasion, bien qu'en majorité, les pensionnaires de l'Hermitage soient trop âgés pour sortir tout seuls et, comme dans les hospices, oubliés depuis trop longtemps pour recevoir la visite de leurs descendants soulagés par leur enfermement.

Malgré la route nationale et les camions qui déboulent dans le vacarme et la poussière, Salbris est resté à l'écart du temps, un rescapé du siècle passé, plongé dans l'insouciance rassurante des situations à jamais paisibles. C'est pourtant dans ces villes assoupies que les notaires étranglent les bonnes et les curés leurs paroissiennes, derrière le macramé des rideaux à l'ancienne, du chou gras pour les faits divers.

C'est déjà le pays solognot, ici. Dès la fin des villages,

25

les dernières maisons passées, tout y est sombre, épais, avec des éclaircies condescendantes, quelques trouées de soleil parcimonieuses, des humidités rasantes, moussues, des eaux bondées, stagnantes, quelques champs raboteux à la couleur de sable, et pas d'horizon. Même le train semblait se frayer un passage, écarter les fougères, manquant de buter au bord des étangs où sommeillent les barques plates, au bois rongé.

C'est l'heure de l'apéritif. Le juke-box braille des « tops » déjà défraîchis, dans le café où s'étire paresseusement la serveuse, la fille des propriétaires, sans doute, pour oser ainsi somnoler en terrasse. Elle chantonne avec un air de douceur, comme une amoureuse encore tiède, en caressant du doigt la broche en forme d'oiseau qui orne son tricot d'angora, sur l'air frelaté d'un calypso de bal. La jeune cafetière me regarde passer sans curiosité, replie les jambes en traînant pour me laisser entrer, se lève à regret. Elle porte des mules à talons très hauts, biseautés, qui claquent sur le carrelage, preuve furtive d'une coquetterie vaine, vouée aux cultivateurs rustauds de cette région à pommes de terre. J'attends le taxi, parti dépanner un tracteur sur un chemin vicinal.

J'aime les cafés, leur flegme. Parfois le patron sait inventer un monde à part, avec ses règles et ses conventions, une hiérarchie purement géographique qui transforme le client en un « terrasse » ou un numéro de guéridon. Je m'accroche aux liens subtils, imperceptibles, qui se tissent entre les habitués, sourire ébauché, inclinaison de tête, signe de la main vers le fond, au bar, où une souillon rince les verres d'un geste rituel, rapide et sec, reflétée par morceaux dans les miroirs, entre les rangées de bouteilles. C'est là que se cramponnent les vrais buveurs, agrippés au zinc avec raideur et dignité. J'aime me dissoudre dans l'anonymat du consommateur, pour ne plus être qu'un double express et un jambon-baguette, avant de devenir le ticket de caisse à vingt-cinq francs qui laisse du pourboire. Je m'engloutis dans le silence, le temps arrêté. Je suis seule, au « Paris-Orléans » de Salbris, collée à mon sac de voyage. Du pied, je touche mon père, qui leste le bagage souple affaissé sur le carreau. J'ai chaud, dans mon tailleur d'automne trop lourd pour cette fin d'été.

Sans que je lui demande rien, la fille m'apporte un verre d'eau, avec une tendresse indolente dans les yeux.

— Qu'est-ce qu'il fait lourd, aujourd'hui !

— C'est vrai. Merci. Vous avez de jolies chaussures.

— Vous trouvez aussi, hein ? Vous êtes la première à le remarquer.

Et elle soupire, ses seins soulèvent la bavette du tablier. Nous nous regardons, avec le trop-plein du regard des femmes sans homme. Je l'aime bien, j'aime bien son bar, et Salbris. Pour un peu, je resterais ici, je m'installerais dans une bicoque près des sables et de la forêt, tranquille.

Le taxi arrive, sans se presser, demeure impassible à la nouvelle de la cliente qui attend. C'est idiot, je me suis levée, j'ai déjà empoigné mon bien, saisi la veste du tailleur sur le dossier de la chaise, et me voici plantée, à regarder le chauffeur avec anxiété ; il boit à petites gorgées une sorte de Chartreuse, verte et épaisse dans le verre ballon. Je me rassois sur l'extrême bord du siège, en reposant le sac, la main serrée sur la poignée. Il continue à avaler sa liqueur tranquillement, je le vois de biais dans la glace,

27

sa pomme d'Adam monte et descend, il observe le derrière de la serveuse, c'est peut-être à cause des mules à talons, une invitation à rester encore.

— Ta cliente attend.

Elle aussi a dû lorgner dans le miroir. Il hausse les épaules, fataliste. Il a vite vu à qui il avait à faire, celui-là. Je ne suis pas du genre qui dérange, qui rouspète. Je suis du genre à me rasseoir timidement jusqu'à ce qu'il ait siroté sa Chartreuse, en baissant les yeux pour ne pas le gêner. Malade d'exaspération, habituée depuis toujours à cette affection chronique des timorés. Avec mon pistolet imaginaire, celui qui me sert à éliminer les populations, il est déjà mort, un trou rouge dans le dos, une tache qui s'étale sur sa chemise à carreaux, son long nez plongé dans le verre avec la liqueur dans les narines. Ça me fait patienter, de rêver au désastre. La serveuse agrandirait les yeux de terreur, la main devant la bouche. Car je lui ferais peur, je ferais peur à tout Salbris, pas comme maintenant.

— J'ai fini. On peut y aller.

On se met d'accord pour un prix, et ça prend longtemps, non, je ne sais pas pour combien de temps j'en aurai, ça va majorer, je comprends, bien sûr que je comprends.

La fille du bar rigole :

— Donnez-lui deux cents francs. C'est plus qu'il n'en a jamais vu d'un coup. Je saurai lui dire quoi en faire.

Et elle le gratifie d'une œillade appuyée, prometteuse. Lui aussi rigole, en l'appelant « sa poulette, sa grosse ». Je gêne, c'est certain, bien qu'il n'ait pas l'air de s'offusquer de ma présence pour faire sa cour, avec de la rocaille dans la voix, de la rudesse dans les mains, parce qu'il lui

28

tapote les bras, maintenant. Je mets le holà à ces ébats, il ne faut tout de même pas exagérer :

— Allons-y, si vous voulez bien. Je suis en retard. Je n'aime pas voir les gens s'amuser.

» Au revoir, mademoiselle.

Et je me lève pour de bon, avec le sac et mon père.

— Au revoir madame.

Chacun s'est renfrogné, la petite avec ses mules inutiles, le taxi dont j'ai cassé l'élan, et moi, juste comme ça.

L'Hermitage sent la maison de retraite à des kilomètres. C'est un château en brique rose, délabré comme il se doit, au fin fond d'un parc mal entretenu, dont une partie semble totalement abandonnée, semée de troncs sans feuilles, noircis.

— On dirait que ça a brûlé ?

— C'est une cinglée qu'a foutu le feu.

C'est gai. A mesure qu'on approche du bâtiment, nous croisons de plus en plus de vieillards piqués sur les bancs. Leurs têtes d'oiseau émergent seules de châles en laine des Pyrénées, beige rayé marron, identiques, fournis sans doute par l'établissement. Hommes, femmes, comment savoir ? Ils regardent à peine passer la voiture, le regard déjà éteint par de funèbres obscurités, fondus dans une même laideur miséreuse.

L'Hermitage est le dépotoir des hospices du département. On a réuni là, en bout de course, tous les abandonnés du Loir-et-Cher, ceux que même l'hôpital rejette, parce qu'ils renâclent à mourir assez vite. A ce lugubre pensionnat, la préfecture a adjoint en échange de quelques subventions une annexe pour handicapés de tous âges. On trouve tout ce qu'on veut, ici, du premier choix, à en juger par ce qui déambule dans la cour. Les « mentaux » poussent les chariots des « moteurs », en arpentant le gravier d'un pas somnambulique. Ça n'est pas joli, joli, et c'est là qu'est la petite Barthélémy. Elle doit être contente d'avoir retrouvé son activité d'enfance, si, comme les autres, elle traîne derrière elle la chaise roulante d'un corps incapable de soutenir son poids. Il y en a plein autour du taxi, dont la grosse tête retombe sur la poitrine.

La directrice ressemble à sa maison, délabrée, malpropre, pas très entretenue. Ça sent le pipi jusque dans son bureau. Elle me fait des grâces, me sert un café froid, et je comprends très vite qu'elle croit que je viens pour emmener la gosse. J'ai pourtant envoyé une lettre évasive à souhait, pour mentionner une simple visite.

« L'Administration est très heureuse de pouvoir placer ses pupilles », elle me dit. « Notre petite Sophie est une adolescente, comment dirais-je, déroutante, assez... personnelle. »

J'apprends dans la foulée que la petite Barthélémy s'appelle Sophie, et que ses frénésies amoureuses dérangent la léthargie de l'Hermitage. A mots couverts, la patronne me laisse entendre que certaines pratiques d'exhibition — elle siffle comme un serpent — soulèvent parfois d'éclairs tempétueux le calme de la salle commune où les vieux tapent le carton.

« Notre Sophie a la déplaisante manie, oui, manie, au sens médical de ce terme, de s'afficher contre la baie vitrée, car nous avons une baie vitrée, depuis l'an dernier, ouvrant sur le paysage. Elle y soulève sa blouse, dans le but de montrer, enfin vous me comprenez. »

J'apprends encore qu'on a tenté vainement de la faire

réagir à l'appel de son prénom, qu'elle est en proie à de profondes crises de mélancolie qui la jettent dans des sanglots convulsifs et des cris si prolongés qu'il faut alors l'enfermer, pour neutraliser les clameurs qui se répercutent contre le carrelage vert amande des couloirs. Personne n'est jamais venu pour elle, seules les assurances sociales veillent à son entretien.

« Nous vous laissons sa robe, et ses effets personnels, naturellement. »

La porte s'ouvre sur une infirmière, qui tient une minuscule valise écossaise, et traîne par la main la petite Barthélémy : je suis coincée.

Qu'est-ce que je peux faire ? Je vois par la fenêtre une servante étendre sur un fil des draps jaunis par des années d'incontinence, je vois la directrice et l'infirmière me sourire, je vois, dehors, tous ces fauteuils, tous ces infirmes, tous ces vieux, et je vois surtout la petite Barthélémy qui n'a pas changé, ses omoplates saillant comme des ailes sous son tricot gris, sa laideur intacte. Elle a maigri. Ses yeux sans regard glissent de droite à gauche. On dirait qu'elle va se mettre à pleurer, et elle le fait, avec de grosses larmes qui coulent dans sa lourde bouche un peu ouverte. Attendon que je devienne la maman d'un monstre de vingt ans ? Est-ce à ça qu'il faudrait que je caresse les cheveux ? C'est ça qu'il va falloir que je borde le soir, en lui filant du sirop à la fraise pour soigner les rhumes ? C'est mieux que rien, peut-être, et puis, je pourrai toujours la laisser crever de faim, enfermée dans une soupente, comme on lit dans les journaux.

Nous quittons l'Hermitage à pas menus, précautionneux. Elle s'est retournée : peut-être qu'elle a peur de quitter

son dortoir, son univers à l'écœurante puanteur masquée
d'eau de Javel, où les filles de service promènent avec
mélancolie des serpillières dégoulinantes. Les vieillards nous
font la haie jusqu'au taxi, en hochant les mains, agitant
des doigts débiles, toussant des rires douloureux extirpés
de poumons asséchés. Il est trop tard pour la rendre. Je
place la valise de la petite Barthélémy à côté de mon sac
dans le coffre de la Peugeot, le chauffeur ne s'est pas
dérangé, et nous partons pour la gare de Salbris. Le tout
n'a pas pris une heure.

De là, on a voyagé, tous les trois, la petite Barthélémy,
mon père et moi, dans le silence. A Orléans, on a passé
la nuit à l'hôtel, le Jeanne d'Arc Palace, à côté de la gare.
J'ai donné à la petite mes cachets pour dormir, j'ai posé
le sac sur le pliant, et j'ai attendu que le matin arrive. On
a repris un train, tous les trois, jusqu'à Paris, et puis de
là jusqu'à ma ville, où on est arrivés le soir. La petite Barthélémy n'avait cessé de suçoter une poupée de chiffons
que je lui avais achetée dans la boutique aux souvenirs
de la gare de l'Est. J'ai passé mon temps à guetter le son
de sa voix, à l'amorcer par des questions. La directrice
m'avait « garanti » qu'il lui arrivait de parler, grâce aux
efforts attentifs d'une orthophoniste aux petits soins. La
muette s'est contentée de me regarder par en dessous, en
étirant la bouche d'une oreille à l'autre avec ses doigts.
Elle tripote aussi constamment son nez, court et plat, aux
narines piquées à fleur de tête comme un goret. Elle est
malpropre, malodorante, sa peau terne se marbre de
plaques rosées de loin en loin, elle tire sur ses cheveux rares
avec une grimace de douleur, horrible. Je la déteste rien
qu'à la regarder, et j'ai eu envie un tas de fois de la jeter

du train. Le gros du voyage, elle le passe à dormir, les yeux révulsés dans l'éclat nacré de sa prunelle, se rongeant les ongles jusque dans le sommeil.

Elle m'encombre, me gêne, me fait honte, me dégoûte, mais elle est là.

Je profitais de ses brefs éveils pour lui marteler : « Claude. Je m'appelle Claude ! Est-ce que tu comprends ? »

Elle crachait les peaux de ses doigts et les rognures de corne dans tous les coins du compartiment.

Nous avons traversé la Champagne, et la Lorraine. De gare en gare, Épernay, Commercy, Toul, descendaient et montaient des appelés du contingent aux crânes ras dégageant les nuques aux plis rouges. Les gestes obscènes qu'ils ont adressés par la vitre du compartiment ont mis la petite en joie, comme si elle les reconnaissait. On n'a pas dû l'épargner, à l'Hermitage.

On est au bout. Terminus. C'est déjà la nuit et l'automne, ici, avec la vapeur de pluie montant du trottoir, une épaisse mélasse de nuages et de brouillard, le poids de l'Est, la lourdeur germanique, accablants. Je retrouve en un instant mes jambes de plomb, mes oreilles pétrifiées de froid, le souvenir glacé de toutes ces années mouillées que j'ai traversées terrifiée, à travers la brume de ma myopie. L'averse se met à tomber comme nous sortons du souterrain, sur l'esplanade dallée de la place. Le ciel est liquéfié en encre noire, pour déverser toutes les eaux arrivées des Flandres, de la Forêt-Noire, poussées par le vent du nord, par la bise des plaines orientales.

« Ça sent le chocolat Schaal ! » C'était la façon qu'avait ma mère, autrefois, d'annoncer le mauvais temps. L'usine

33

aux remugles obsédants se dressait sur la route empruntée par les rafales alourdies d'eau. Ça fait bien longtemps aujourd'hui que l'établissement est fermé, et les tanneries aussi. Ça ne sent plus le chocolat, ni les cuirs, juste la pluie des villes et la poussière mouillée.

J'ouvre la marche, avec mon sac, la valise minuscule. Combien peut-il peser, le sac ? Assez pour m'ankyloser le bras, très peu si on se souvient que mon père était plutôt corpulent. La petite vient derrière, avec sa poupée. Son tricot gris est tout trempé.

Évidemment, notre entrée dans le hall de l'hôtel manque de gloire. On doit même avoir la touche des pauvres. Les riches ont toujours des imperméables quand il faut. Et puis, la petite Barthélémy, comme carte de visite... Je paie d'avance, pour couper court, et je fourre la gosse dans le lit. Les cachets de somnifère, elle les avale sans rechigner.

Demain, j'irai voir Lucie, je me débarrasserai de la petite, au moins jusqu'à ce que j'aie terminé ce pour quoi je suis venue.

Demain. En attendant, je sors.

Regardez-moi ! Je suis l'enfant du pays ! Regardez comme elle est devenue jolie, et élégante, Claude ! Je ne connais plus personne, ici, je ne connais plus les rues, et je parle aux vitrines, maintenant. Je harangue les mannequins aux longs cils, aussi muettes que la petite Barthélémy, mais plus mignonnes. Les poupées de magasins me sourient de leurs quenottes ourlées de vernis carmin. Je suis seule sur le pavé savamment inégal, qui recrée la fiction du Moyen Age devant la cathédrale.

Les gens d'ici, ça fait longtemps que je sais qu'ils ne musardent guère dans leur ville la nuit. Trop de pluie, trop de vent. On est juste quelques touristes à se tordre les pieds sur le parvis rose, luisant, à se tordre le cou pour apercevoir la flèche, là-haut, perdue dans un nuage. Qu'est-ce qu'ils ont fait de la rue qui passait par là ? Il y avait des camionnettes, des épiceries, des éclairs et des babas. Disparu, tout ça, remplacé par des réverbères à l'ancienne, des cigognes-cendriers et des poupées en costume, bordant le quartier devenu piétonnier, voué aux errements de groupuscules hagards. Depuis la guerre, des linges et des bâches pendouillent de-ci de-là sur la cathédrale, au hasard des rabibochages de la restauration. Là aussi, ils ont fait propre, elle est toute nue, exhibe son corps de pierre violette, de ce grès dont sont bâtis le séminaire et mon lycée, qui la flanquent.

Derrière cette façade austère aux fenêtres bouchées à mi-hauteur, j'attendais avec résignation que mon avenir se dessine tout seul, engloutie dans la torpeur studieuse de la préparation au concours des Grandes Écoles. Pour toute autre que moi, plus dégourdie, moins moche, quelle aubaine de se trouver bouclée dans ce sérail de garçons énervés ! Seules nos deux classes étaient mixtes, ce qui nous laissait à chacune une petite centaine de mâles, en éliminant les gamins. A condition d'être débrouillarde, la fille la moins jolie pouvait « se faire » trois terminales dans la semaine. Se faire, à cette époque-là, ça n'était guère que parader sur le porte-bagages d'une Mobylette, en échange de doigts plongés dans la blouse entre les boutons. Même ça, je ne savais pas. Et pourtant, je traversais la cour comme les autres, le matin, le midi jusqu'au réfectoire et retour, et le soir encore. J'étais transparente sous leurs milliers de regards impassibles. Et pourtant, comme les autres, j'étais folle d'amour pour Valentin Fournel, le plus beau, le plus drôle, le plus cancre de tout le lycée. Au point de répéter mon lamentable stratagème, comme si une fois ne m'avait pas suffi, de lui écrire pour lui proposer les devoirs de sa semaine, offre assujettie à la condition de venir les apporter chez lui. Valentin Fournel n'aurait pas dû montrer la lettre à tout le monde en cour de récréation, plus comique que jamais, soulevant des houles de rire par sa lecture à haute voix. Je dois reconnaître qu'il m'imitait à la perfection. Mais il n'aurait pas dû.

J'avais passé plusieurs semaines à récolter dans mon sac de sport les pigeons crevés que j'avais minutieusement traqués dans les rigoles, le long des trottoirs. Le regard bas, j'avais sillonné les rues, arpenté les cours, écumé les jardins publics. On ne sent pas la fatigue, à cet âge-là. A peine si je sentais la puanteur des cadavres faisandés, jour après jour plus insistante, dans le bas de mon placard. Pour moi, qui restais à l'étude, ce fut une promenade de santé d'aller glisser les bestioles pourries dans les casiers de la salle des professeurs, après avoir soigneusement repéré ceux que Valentin exaspérait plus particulièrement par ses facéties. C'était le suspect idéal : ne l'avait-on pas cent fois surpris dans la cour, visant les vitres avec un lance-pierres ? Ce fut bientôt le coupable, grâce à mes silences subtilement rougissants, à mes phrases interrompues savamment distillées, lorsqu'on chercha des preuves. Que pouvait la parole d'un cancre contre les mensonges d'une élève irréprochable ?

Valentin fut renvoyé. Ses parents à bout de solutions le placèrent dans un prytanée militaire, et je connus le bonheur de voir toutes mes compagnes sangloter sur la disparition de leur séducteur numéro un. Valentin doit savourer, à l'heure qu'il est, les grandeurs d'un sous-commandement dans une garnison perdue.

Vaincue par la pluie, je suis rentrée à l'hôtel. La petite Barthélémy dormait, le blanc des yeux tourné au plafond, la poupée enfournée dans la bouche. Avec ses cheveux trop blancs dorés par le reflet de la lampe de chevet, avec la douceur et le calme où la plongeait un sommeil d'abrutie, pour un peu, je l'aurais trouvée mignonne.

J'ai posé mon père à côté du lit, et j'ai attendu le matin, en écoutant ronfler la petite Barthélémy.

Le taxi nous soulève le cœur, d'une odeur âcre de déodorant pour toilettes. La petite s'est réveillée comme avant, morveuse, poisseuse, avec en prime une grimace qui pourrait bien essayer une ébauche de sourire, comment savoir, tout est de travers dans sa figure. Elle halète de chaleur, pour le moment, comme un chiot, et colle des ronds de salive contre la vitre. Le chauffeur me tend par-dessus son épaule une éponge pour nettoyer, et profite du feu rouge pour vaporiser une giclée de sent-bon. Je vais vomir, et ça ne va pas faire plaisir à Monsieur Propre. Il faut traverser toute la ville, pour arriver jusque chez Lucie, qui garde la maison de mon père, comme elle le fait depuis mon enfance. Je n'ai rien décidé sur son sort, et comme je la connais, elle doit continuer à acheter les cigarettes et les journaux du disparu, tant que je ne lui aurai pas dit d'arrêter.

C'est Lucie qui m'avait annoncé la mort de son patron, de ce moribond qui n'en finissait pas d'ajouter les jours d'agonie au dernier chapitre de son existence. Comme font les gens encore effrayés par le téléphone, elle parlait trop fort, en braillant « Allô, allô », me demandant solennellement si j'allais bien, retenant l'annonce du seul événement qui avait pu lui faire composer un numéro interurbain.

— J'ai une mauvaise nouvelle, Claude, avait-elle fini par lâcher en pleurnichant.

— Attends, laisse-moi deviner.

Et je m'étais mise à rire. Ça avait redoublé ses sanglots et ses jérémiades avaient coulé. J'exagérais, on ne pouvait pas être sérieux avec moi, un moment pareil. Et on avait raccroché, soulagées toutes les deux, elle d'avoir sangloté, moi d'en avoir fini avec un interminable tunnel, où il avait bien fallu que je me montre maternelle envers ce grabataire inconnu, vidé jour après jour de ses forces. « Mais oui, papa, ça va s'arranger. » Depuis qu'il est dans sa boîte, dans ce sac, on ne s'est jamais autant vus.

C'était sans doute le seul moyen de le clouer à mes côtés. Comment vérifier ? Pour la preuve du contraire, c'est un peu tard.

Le taxi lance de brefs regards navrés dans son rétroviseur, surveillant la petite Barthélémy qui dodeline contre le carreau.

— C'est votre sœur, cette gosse ?

Oui, je dis oui, pour couper court à ses questions.

» Eh bien dites donc, ma petite dame, je vous plains. » Et il prend l'air apitoyé d'usage. « Si c'était moi, enfin, vous faites ce que vous voulez, mais il y a de bons endroits, vous savez, ils y sont bien, ces enfants-là, enfin, ceux qui n'ont pas la chance de mourir plus jeunes.

Je dis oui, encore. Je le comprends, cet homme, grassouillet, astiqué, atterré par l'intrusion de la crasse dans sa berline cossue. Heureusement qu'on est arrivés.

La sonnette, bien évidemment, ne marche pas. Lucie répond au premier coup contre la porte, et ouvre des yeux ronds en découvrant le spectacle navrant que nous formons sur le trottoir, la valise à carreaux, le sac, la petite Barthélémy et moi.

— C'est toi ! Mon Dieu, que tu m'as fait peur ! Et ça, c'est qui ?

— Pousse-toi. Laisse-nous entrer. Pourquoi tu restes dans le noir ! Tu ne peux pas allumer ! Remarque, c'est aussi bien.

J'ai allumé quand même, et ça a été pire que ce que je craignais, le désordre dévotement conservé, les bouteilles à demi vides de whisky à bon marché, et Lucie, encore vieillie, qui tripote entre ses doigts courts une boîte de biscuits en fer, avec le dessin d'une Bretonne en coiffe. La Bretonne jette la petite Barthélémy dans un état de grande agitation. Elle glousse, pousse des sortes de cris, en agrippant le vide.

— Eh bien quoi. Ne reste pas comme ça. Donne-lui un biscuit !

— Mais il n'y a plus de biscuits ! C'est ma boîte à couture !

— Donne-lui du fil, alors. Ou des aiguilles. Elle pourra faire de la broderie. Donne-lui, je te dis.

La petite Barthélémy serre sa boîte comme un trophée, apaisée. Lucie et moi nous asseyons autour de la table, dans la salle à manger. La nappe est couverte de photographies, comme on fait quand les gens sont morts. La petite Barthélémy regarde sa Bretonne, Lucie regarde les photos, moi je regarde Lucie. Et on se tait.

C'est toute la vie de Lucie, ces photographies. Elle sait

40

peut-être comment mon père, ce jeune homme bellâtre, blond et cranté, au nez fin et droit, aux yeux francs et rieurs, s'y est pris pour devenir ce personnage un peu bouffi aux paupières lourdes, au visage résigné barré d'un mégot éternel, que je voyais de loin en loin déposer aux pieds de la bonne un ballot de linge maculé.

Lucie arrivait chez nous le matin, encore cernée de ses nuits, rapportant à la maison un peu d'une sensualité à laquelle elle donnait libre cours sur les berges du canal en été, à l'abri d'un hangar de l'ancien arsenal en hiver. Ma mère l'avait avertie : elle serait renvoyée sans délai pour peu qu'on trouve un homme à l'étage du service. Ça n'empêchait pas Lucie de me raconter ses amours, comme pour les revivre un peu durant son repassage. Dans ces années de l'après-guerre, on sortait à peine de la période noire des tickets d'alimentation, on mesurait encore les carrés de chocolat. Peut-être ma mère, comme Lucie, portait-elle des socquettes en ce temps-là, trop sévère pour peindre sur ses mollets la couture fictive d'une paire de bas Nylon. Lucie, fièrement, me renseignait sur les hauts faits de mon père, en pliant le linge. Je l'écoutais en me rongeant les ongles des pieds, me contorsionnant sous la table. Je me rengorgeais, d'avoir un papa connu dans tous les cabarets. On allait encore dans les cabarets, au temps de mon enfance. Le Richelieu, dont la devanture s'aveuglait d'un capiton de satin rouge juste percé d'un triangle de bois, me fascinait particulièrement par son luxe et son mystère. Le magasin Jeunesse, où on m'achetait mes tabliers d'uniforme, en était mitoyen, pour le grand malheur de ma mère qui changeait de trottoir en me traînant par la main. Il paraît que mon père régalait tout l'établissement, filles et clientèle. Il paraît qu'il rentrait au grand jour — quand il rentrait — les poches alourdies de bouchons de champagne, subtilisés à l'attention du caissier, car on travaillait au bouchon, dans les hauts lieux de ma saga familiale. Sa générosité faisait légende dans toutes les chambres de service, se répandait dans l'univers des bonnes qui aspiraient à ces gueuletons arrosés de mousseux, des fêtes qu'il donnait dans des arrière-salles de misère dont on rangeait les tapis de jeux pour recouvrir les tables de nappes en papier. Selon Lucie, il rassemblait des bataillons de gamines, ouvreuses cueillies dans les cinémas, vendeuses sur les marchés, apprenties lessivant les trottoirs. Il achetait en voyage quantité de colliers et de broches en verre de Bohême, plus rutilants que des diamants, et les distribuait au dessert selon des mérites connus de lui seul. Lucie, pour être si bien renseignée, devait lui envoyer ses amies fraîchement arrivées de la campagne pour faire la domestique en ville, connaître l'ivresse de promenades en auto, l'étonnement des premiers téléviseurs et des énormes réfrigérateurs venus d'Amérique. En ce temps-là, mon père disparaissait dans une Maserati décapotable où je n'étais jamais montée — j'avais toujours les amygdales en feu, les bronches irritées — que je voyais débouler du garage. Avec les années, l'âge et la paresse venus, il s'était rabattu sur les professionnelles, entraîneuses, barmaids, moins fraîches.

J'avais toujours connu Lucie sans apprêt, se contenter de raconter en plastronnant des aventures auxquelles il ne songeait pas à la faire participer. Peut-être avait-elle fini par en avoir sa part, par l'avoir, après toutes ces années. Peut-être lui avait-elle servi d'amoureuse, en même temps

42

que de bonne. Sinon, pourquoi cette tignasse décolorée, tirant sur le vert à force de décapages, pourquoi ces ongles peints, ces sourcils effacés par l'épilation, redessinés au crayon noir ? Lui, de dégringolade en dégringolade, avait dû se résigner, un sale soir, à farfouiller sous le tablier de Lucie, à fourrager dans l'entrebâillement de ses dessous en rayonne, sans se donner la peine de lui parler. L'affaire n'était-elle pas inscrite depuis toujours dans la soumission de la bonne, dans le puritanisme austère de ma mère, dans la veulerie de mon père, depuis ce matin où Lucie avait débarqué chez nous, il y a plus de trente ans, pour garder le bébé que j'étais ?

On reste assises autour de la table, comme chez les pauvres, sous le lustre. La petite Barthélémy a réussi à ouvrir la boîte, au prix d'un grand effort, et maintenant épuisée, elle déroule les bobines de couleur en les laissant se dévider jusqu'au tapis usé.

— Qu'est-ce que tu viens faire, Claude ?

— Je viens pour te voir ! Tu n'es pas contente ? Et je te laisse la gosse. Quelques jours.

— D'où elle sort, cette gosse ? Je n'en veux pas, moi. Je suis à bout, tu ne comprends pas, tu ne vois pas ? Je suis à bout.

Et naturellement, elle se met à pleurer. Moi, je ne sais plus comment on fait, j'ai pleuré tout ce que j'avais à pleurer depuis longtemps déjà.

— Bon, c'est fini ? Garde-moi cette petite, je te dis. Voilà de l'argent. Je viendrai vous voir ce soir, ou demain. On rangera tout ce bazar. Je te donnerai la maison, Lucie, si tu veux. J'en veux pas, moi, tu sais bien. Est-ce que tu as des nouvelles de ma mère ?

— Non.

— Tiens, prends ces comprimés. Ça fait dormir la petite. Prends aussi cet argent. Allez, allez, pas de manières.

En lui fourrant les billets dans la main, je vois, au poignet maigre de Lucie, la montre-bracelet de mon père au verre rayé, qui flotte. Dehors, le taxi donne des coups d'avertisseur.

» Je m'en vais. Je m'en vais.

Et je laisse Lucie à ses larmes, la petite Barthélémy à ses bobines de fil. Je repars avec le sac. C'était pourtant bien pour ça que j'étais venue, pour le laisser.

Je ne sais plus très bien quelle heure il est, ni quel jour, depuis que j'ai quitté ma place numérotée à la bibliothèque, ses horaires aussi rigides que le tuteur au plant de haricot. J'étais jusqu'à ces derniers mois solidement ficelée par un écheveau d'habitudes enchevêtrées. C'est le souvenir de la petite Barthélémy qui a tout fichu par terre, son intrusion sournoise dans mon sommeil, ma visite à la dame de l'Assistance, un vieux fond de charité humanitaire héritée de mon passage à l'Armée du salut qui m'ont empêchée de m'enfuir loin de l'Hermitage, en plantant sur le perron la débile et sa valise. « N'achetez pas de jouets de guerre à vos enfants », gling, gling, « n'achetez pas de jouets de guerre... », gling, gling, je secouais la clochette, en décembre, aux portes des grands magasins, affublée du chapeau des salutistes fermé d'un ruban sous le menton, pendant que ma mère travaillait à son grand œuvre, la reconstitution d'un arbre généalogique mité, et que mon père rangeait ses cartes dans la main de rami. Beau résultat. J'aurais mieux fait de laisser les autres parents acheter ce qui leur chantait pour leurs têtes blondes. Qu'est-ce que ça pouvait me faire, à moi, que les gamins se mitraillent et se fusillent à tour de bras ! Ça me faisait que je n'avais rien, moi, dans mon soulier, excepté ce fond de nervosité électrique qui nimbait d'un voile de silence nos réunions familiales autour de l'arbre.

Monsieur Propre m'attend dans son taxi, enchanté de me voir débarrassée d'une cliente pas à son goût.

— Où est-ce qu'on va ?

Je n'en sais rien, où on va. Je prends l'air très occupé.

— Attendez, je réfléchis. C'est que j'ai beaucoup à faire. Il faut que je m'organise.

Noyer le poisson, il faut noyer le poisson.

Il ouvre le compteur, et ça défile. Il faudrait pourtant que j'y aille, chez ma mère, et chez les autres, je suis là pour ça. Sur le siège avant, il y a une pile de cartes de visite bariolées, ornées d'un écouteur de téléphone avec un long fil qui serpente autour des chiffres du radio-taxi. Il y a aussi des formulaires de tiercé, de Loto, de Tacotac, de Tapis-Vert.

» Vous êtes joueur, à ce que je vois ?

Il rit, comme si je venais de lui faire un grand compliment, en désignant du menton les accessoires de loterie.

— Je dépanne des amis, je joue pour eux, ceux qui n'ont pas le temps, qui travaillent dans les bureaux. Je suis les courses à la radio, et je m'y connais. Quand on perd ils me remboursent plus tard, je les paie quand ils ont gagné.

Il fait le bookmaker, quoi. Et le compteur tourne.

— Si on y allait ?

— Bien sûr ! J'attends que vous me disiez où. Un tour de la ville, une visite touristique, madame ? Madame ou mademoiselle ?

45

— Ça dépend des jours.

Un rien suffit à l'amuser, celui-là. Ma réponse n'a pourtant rien d'une confidence, je suis simplement à l'âge où le mademoiselle se fait rare chez les commerçants, où l'on me sert du madame sans hésitation. Et si je retournais à l'hôtel ? Il est déjà tard, il fait déjà gris, sous cette saleté de ciel qui ignore les lumières rosées du Sud.

» Déposez-moi à la grande poste.

— On y va. C'est comme si c'était fait.

— Vous travaillez aussi la nuit ?

— Ça dépend. J'ai des clients à moi qui me demandent. Autrement non, je suis trop vieux. Autrefois, je faisais la nuit. Je connaissais tout le monde. Même dans les grandes villes, ceux de la nuit, on finit par les repérer. Toujours les mêmes. Ceux des quartiers bourgeois. Les parents, les enfants aussi. J'aimais bien, la nuit.

— Vous connaissez le Richelieu ?

— Ah ! Si je connais le Richelieu ! C'est de mon époque, ça. Un cabaret, en plein centre ville. C'était très chic, autrefois, avec des attractions qui venaient de Paris. Aujourd'hui, les gens s'amusent dans les naillecubes... Ça existe toujours, notez. Mais ça n'est plus pareil.

— Il y a autre chose, comme cabaret ?

— Le Récamier, derrière la gare. Même propriétaire. Mais, je m'excuse, ça n'a pas la classe du Richelieu. Le patron fait passer les attractions du Richelieu au Récamier, quand elles ont trop servi. C'est du deuxième choix, quoi.

— Vous voulez dire... les filles ?

— Les filles, oui, et les nus artistiques, et les clients. De l'occasion, je dirais. Vous savez, les voitures, quand ça a déjà roulé, ça ne sera jamais plus du neuf. C'est pareil pour tout.

— Vous avez l'air bien renseigné, pour quelqu'un qui ne fait plus la nuit...

— Je connais tout le monde, ici. Mais, je m'excuse, pourquoi vous me demandez ça?

— Pour un article. Je suis là pour un article sur la ville, les sorties.

— Ah bon? Vous pourriez me mettre dedans, alors? Parce que j'en sais un bout, moi. Je pourrais en raconter. On en voit, dans un taxi. Depuis le temps! Entre nous, et ça, vous ne le mettrez pas dans l'article, hein? ma femme m'a quitté. Juste avant que j'achète la Mercedes. Alors j'en profite un peu. Je me suis fait des camarades, je les ramène chez elles après le boulot. Surtout celles du Récamier, justement, elles ont le temps de bavarder, parce qu'elles rentrent seules. Les filles du Richelieu, elles sont trop jolies, ça ne les intéresse pas, mes radotages. Elles sont toujours avec des hommes. Ça travaille à l'arrière, pour aller plus vite, mettre le client en condition. J'en vois, allez, vous pouvez me croire.

La voiture est arrêtée depuis un bon moment place de la Grande-Poste. Il a arrêté son compteur.

— Vous accepteriez de me conduire la nuit, si je vous appelle?

— Bien sûr. Vous n'avez qu'à demander Mangouste Agile. Ça n'est pas mon vrai nom, bien sûr, c'est mon nom de scout que j'ai gardé pour la radio. Mon nom, c'est Robert.

— Eh bien, d'accord comme ça, alors. Je vous appellerai. Gardez la monnaie. Au revoir, monsieur Robert.

— Au revoir, mademoiselle ! Souvenez-vous ! Mangouste Agile !

Pendant longtemps, je me suis fait pitié à moi-même, au point de sangloter sur mon sort, la tête dans l'oreiller, puis devant le miroir de la salle de bains où j'auscultais mon visage franchement déchirant, mes yeux verts plaisamment éclaircis, mes lèvres gonflées par l'humidité de la peau. J'en rajoutais, à l'affût du moindre souvenir, de chaque détail susceptible d'alimenter le flot. Ça m'a passé. Je savais au fond de moi que je n'étais pas plus à plaindre que bien d'autres, plutôt moins, en considérant que je possédais une intelligence propre à m'assurer un gagne-pain décent, un toit, quelques frusques et accessoires de lingerie légère nécessaires pour lever un jeune homme de temps à autre. J'ai remplacé ces larmes stériles par un orgueilleux constat de souffrance : l'intelligence, tout compte fait, ne sert qu'à se poser des questions là où d'autres prendraient la vie comme elle vient, bêtement, simplement. Chercher le pourquoi du comment n'a jamais rien arrangé.

Ce soir, je pleurerais volontiers un petit coup à nouveau, rien qu'à voir le sac de voyage avec mon père dedans, que je n'ose pas jeter. Et si je le déposais dans un cinéma, avec la petite Barthélémy, en les laissant tous les deux se débrouiller dans le noir ? Trois kilos, quatre tout au plus, voilà le poids de l'absence, à peine plus qu'un filet à provisions rempli de bouteilles. Quatre kilos qui m'emplissent la cervelle et l'estomac.

Comme promis, je téléphone à M. Murat, le directeur des EPCF, Éditions du patrimoine culturel de la France, pour le cas où mon départ aurait plongé dans le désarroi l'un de nos auteurs, d'obscurs écrivains régionalistes et militants, pour la plupart.

— Eupécéfrance, j'écoute !

Je reconnais la voix pressée de notre vieille secrétaire, Mlle Sourdillon, « comme un petit sourd », précise-t-elle aux rares interlocuteurs qui s'aventurent à nous appeler.

— Bonsoir, mademoiselle Sourdillon, c'est Claude.

— Claude ! Enfin ! Mais où étiez-vous donc passée ? M. Murat ne décolère pas. Vous êtes partie sans nous donner les cotes des clichés de Pontalec ! Vous rendez-vous compte ?

— Passez-le-moi.

— Mais il n'est pas là ! Puisque vous nous avez quittés — pourquoi si brusquement, entre parenthèses, c'est de la folie, enfin ça vous regarde — il est bien obligé de tout faire en même temps, contrats, manuscrits, imprimeurs et banques, mademoiselle Claude, surtout les banques ! Vous n'imaginez pas dans quel état il est !

— Eh bien, que voulez-vous que j'y fasse, mademoiselle Sourdillon, que voulez-vous que j'y fasse ?

— Mais je ne sais pas, moi, revenir, par exemple ! Si vous croyez que c'est facile, de se débrouiller tout seuls ! Entre nous, vous nous manquez. A M. Murat, de très mauvaise humeur en permanence, il avale des pilules du matin au soir, je vous passe les détails, et à moi aussi, vous me manquez.

Silence.

— Permettez-moi de m'en étonner, mademoiselle Sourdillon. Vous ne m'avez jamais manifesté un tel attachement, que je sache, pour ne pas dire le contraire. J'ai plutôt

49

le souvenir que vous me mettiez toutes les erreurs sur le dos. C'est ça qui vous manque, mademoiselle Sourdillon, un bouc émissaire ?

— Claude ? Qu'allez-vous chercher là ? On vous aime, ici, vous le savez bien.

— Ça n'est pas réciproque, mademoiselle Sourdillon. Dois-je vous rappeler la scène affreuse que vous avez faite à M. Murat lorsqu'il m'a augmentée ? Dois-je vous rappeler vos allusions ridicules chaque fois que M. Murat me retenait sans vous dans son bureau ? Hein, mademoiselle Sourdillon ?

— Puisque vous abordez ce sujet, tiens, parlons-en, tiens, depuis votre départ, M. Murat se permet sur moi des gestes déplacés, oui, déplacés, qui me laissent à penser que je n'avais pas tort. Une de perdue, une autre la remplace, Claude !

— Ne vous en plaignez donc pas, mademoiselle Sourdillon. Remerciez le Ciel de ce miracle, et priez pour que ça continue. Non mais...

Et je raccroche.

Pauvre Sourdillon ! Qu'est-ce qui m'a pris ? Je déteste être méchante sans raison. Elle doit se tamponner les yeux avec les pans de son chemisier cravaté, ses gros yeux suppliants derrière ses lunettes. C'est vrai qu'elle est folle de Murat depuis que je la connais, quêtant un regard qui ne vient jamais, dévouée au moindre de ses désirs, prête au sacrifice d'une virginité poussiéreuse. Le minable Murat le sait, ça le flatte, ce gros crétin. Murat et ses amours de fantasmes ! Ses piles de journaux coquins défraîchis plein le placard où il range sur un cintre, chaque matin, le même imperméable hors d'âge ! Ses petites annonces

spécialisées qu'il épluche à longueur de journée, vissé derrière un bureau de verre opaque à force de saleté ! Ses
chèques non signés qu'il expédie à ses rares auteurs pour
gagner encore quelques jours, ses fins d'après-midi mysté-
rieuses dans les bars du boulevard Montparnasse ! Je le
sais, je l'ai suivi, un jour, pour en avoir le cœur net. Murat
traînait sur le trottoir, devant la porte d'un bistrot minuscule, au sortir de la bouche du métro. Chaque fille arrivée
en haut de l'escalier se voyait barrer le passage pour Dieu
sait quelle proposition. Je l'ai vu les retenir par le bras,
les freiner de sa grosse patte molle. Il a fini par en accrocher une, la quarantaine usée, ils ont filé vers le Sans Scrupule, sur le boulevard. Pauvre Sourdillon ! Tu ne sais pas
que c'est à ce secret surpris que j'ai dû mon augmenta-
tion. Car il y a une Mme Murat, toujours malade, confi-
née à briquer le deux-pièces conjugal du côté de la porte
de la Chapelle. Et Murat en a peur. Murat glisse sur des
patins, chez lui. Murat va aux commissions le samedi, avec
un cabas. Chaque matin, avant d'aller au bureau, Murat
endosse son imperméable et va chercher le pain pour
Mme Murat. Et ça fait trente-cinq ans que ça dure. Murat
file doux devant moi, il suffit que je chuchote les mots
« sans scrupule » dans la phrase la plus anodine pour qu'il
se ratatine sur son fauteuil directorial de bois branlant.
Murat est comme tout le monde.

Heureusement qu'il y a la télé, dans cette chambre
d'hôtel. Je crois que j'ai passé des heures à jouer du doigt
sur la commande à distance. Une journée de perdue, encore
une, à regarder défiler les séries, à mélanger les détectives,
les revolvers, les femmes fatales démodées selon la cuvée

du feuilleton, les poursuites en voiture. Méchants de Dallas, gentils de Miami, palmiers de Los Angeles, pavé newyorkais, les mains en l'air ! J'ai faim. Sur le couvre-lit à fleurs, je suis assise, les genoux contre la poitrine. Et puis je m'allonge sur le flanc, appuyée sur un coude, pour regarder mon ventre paisiblement affaissé sur les ramages fleuris. J'ai faim, pourtant il faudrait songer à maigrir un peu, maintenant, après toutes ces années à m'empiffrer de tout et n'importe quoi. Ça en fait des tonnes et des tonnes, du froid, toujours du froid de traiteur. Fromages sous emballage, paquets de pommes chips, biscuits à même le paquet, et sandouiches, oh combien de sandouiches collés sous le cellophane, à la tomate, au jambon, avec une feuille de salade plaquée à la mie, imbibés de mayonnaise rose ou blanche, jamais de la couleur des œufs, envahissant de sa saveur aigre les miettes de poulet, les tranches de veau, et toujours la feuille de laitue.

J'attends qu'une solution me tombe du plafond, et ça ne vient pas.

— Allô, Lucie ? C'est moi.

— Enfin ! Mais qu'est-ce que tu fabriques ? Tu es allée voir ta mère ? Il faut aller voir ta mère.

— Je sais. Comment va la petite ?

— Elle dort. Elle est gentille, une fois qu'on s'habitue à la regarder. Elle a joué avec le fil tout l'après-midi. Je lui ai montré des photos. Je crois que ça lui a plu. Mais il faut t'en occuper. Je ne veux pas la garder, je t'avertis.

— Je n'ai jamais dit ça.

— Je te connais. Alors, tu viens ?

— Non. Pas ce soir. Demain matin. Prépare-moi une chambre. Je viendrai dormir chez toi.

— Pas chez moi, chez toi, Claude. C'est chez toi, ici.

— Sois gentille. Je n'ai pas envie de parler de ça. Si la petite se réveille, tu n'auras qu'à lui donner un autre cachet. A demain.

Demain matin, Lucie me préparera le café, comme « quand j'étais petite ».

« Pas de lait, Lucie, pas de lait, je t'en supplie. » « Mais ta maman veut que tu y mettes du lait. Après, c'est moi qui prends ! » « Ça me fait vomir. Je t'en prie, ne lui dis pas ! » Dialogue éternellement répété, avec la terreur d'entendre le pas de ma mère qui contraignait Lucie, servile, à vider en hâte le pot de lait chaud dans la tasse. Le lait, le sein de ma mère, je les déteste depuis ma naissance. Au début des années cinquante, ça ne se trouvait pas facilement, les laits en poudre chez le pharmacien. Lucie prenait le train de Bâle, pour rapporter de Suisse une provision de boîtes en carton. On me l'a beaucoup seriné, que ma maigreur venait de ce mauvais début, de ce ratage, de ce refus. La jeune accouchée excédée avait en vain tendu sa mamelle nourricière à ce nourrisson peu idyllique, qui détournait sa tête ballottante au lieu de s'agripper au téton, en gonflant et dégonflant sagement les joues. On raconte beaucoup d'histoires de bébés échangés par erreur dans les pouponnières : peut-être étais-je de ceux-là ? Peut-être n'étions-nous ni le bon bébé, ni la bonne mère ?

« Cette enfant est décidément squelettique, trop pâle, trop cernée, trop laide. Elle passera ses vacances dans les Alpes, ça lui fera du bien. Surveillance médicale. Il faudra bien qu'elle finisse par en boire, du lait, qu'elle le veuille ou non. Tout chaud sorti de la vache, vous verrez qu'elle finira par trouver ça bon. »

C'est là-bas que j'ai commencé à perdre le sommeil, dans le long dortoir résonnant de ronflements, de petits cris effarouchés par les cauchemars, de pleurs s'échappant des draps. C'est là-bas que j'ai pris en horreur les volets fermés, lorsqu'il fallait tâtonner dans la nuit, bras en avant, pour traverser de part en part la travée centrale sans se cogner aux lits de fer ; puis il fallait descendre l'escalier grinçant sans tomber, en craignant de réveiller la surveillante endormie derrière son rideau fleuri. Tout cela pour trouver enfin les cabinets sans lumière. La frêle troupe de gamines dont la plus âgée n'avait pas six ans devait choisir entre cette promenade nocturne interdite et l'humiliation de voir nos draps trempés suspendus dans la cour, exposés aux moqueries des grandes. Le matin, des nuées de fillettes chétives, un assortiment de tristesse et de solitude, se regroupaient au premier coup de sifflet dans le réfectoire étroit et long, ouvert sur un paysage abrupt de rochers et de montagnes. On n'avait pas plus d'horizon par la fenêtre que dans nos jours. L'une ou l'autre d'entre nous rêvait des projets d'évasion, comme rêvent souvent les petits enfants. Nous, nous savions bien que nous n'en ferions rien, à voir par le carreau la barrière de sommets aussi hostiles que nos cheftaines. Au premier repas de la journée, on n'entendait plus qu'un immense grignotis de rongeurs, occupées que nous étions à ébrécher le pain de la veille, grillé et refroidi. La cuisinière, pendant que nous remerciions le Très-Haut de nous avoir donné ces quignons, avait apporté une énorme marmite d'aluminium emplie de café au lait, qu'elle jetait à pleines louchées dans nos bols. Tandis que nous marmonnions notre prière, je regardais se former lentement la peau du lait. Elle déposait un fin glacis iridescent, lisse, fripé, craquelé sur les bords. Cette peau que je voyais ensuite s'accrocher aux lèvres de mes camarades m'empêchait de boire, me forçait à mâchouiller mon croûton en appelant de vœux ardents la montée d'une maigre salive, pour les amollir. J'évitais de baisser mon regard sur la toile cirée, pour ne pas surprendre les grosses cuillères, par rangées entières, soulever d'un même mouvement la pellicule froissée du caillé, la coller au rebord du bol. C'est là-bas que j'ai appris à commencer mes journées la gorge sèche, le cœur au bord des lèvres.

Ce qu'on traîne, c'est le souvenir mille fois réimprimé des habitudes sur les chairs tendres de l'enfance. Le reste, les sentiments, les visages, ça s'oublie. Tout ce qu'il me reste de cette ville, de ses habitants, qui ont pourtant bien fourni le cadre de ma vie pendant deux décennies, c'est la cérémonie du lait le matin, les confidences de Lucie sous la table, les quolibets de Valentin dans la cour du lycée, quelques autres menus faits, une centaine tout au plus, qui au total font ma vie. C'est maigre. Est-ce pour tout le monde pareil ? Au contraire, les gens peuvent-ils, avec la plus minutieuse précision, retracer les années passées en autant de fiches de police ? La vie de mon père ? Des bougonnements qu'arrachait sa mauvaise conduite à ma grand-mère, j'ai conclu que sa maturité insouciante était déjà inscrite dans sa manie de tirer les sonnettes des immeubles. Pas de quoi en faire un destin... L'album des photos de notre famille s'arrête inexplicablement aux fiançailles de Mina et Antoine, ses parents. Des portraits inconnus sont coincés dans les fenêtres de carton, légendés de noms qui ne me disent plus rien. Qui est cette Tantoune, que je peux suivre au fil des pages, bébé ingrat, confirmante extasiée aux sourcils trop fournis, greffée plus tard d'un moustachu dit le Nononcle ? Et cette vieille dame, appelée Loulette ? Reléguées en fin du livre, il y a aussi une galerie de bonnes, celles d'avant notre Lucie. Finis les cols de dentelle et les rabats à galon marin. Ce sont des bonnes, j'en suis sûre, elles portent des fichus sombres, et leurs yeux aussi sont foncés. Nous, dans notre famille, nous avons tous des yeux pâles, délavés, hérités sans doute de l'accouplement de Tantoune et du Nononcle. De mon père, hors album, je conserve le cliché d'un garçonnet bouffi collé à la jupe étroite et longue de Mina, chapeautée d'une cloche profonde, à la mode de l'entre-deux-guerres. Et puis, le revoici jeune homme, flanqué d'une brunette sévère en qui je reconnais ma mère aux plis déjà lassés de la bouche. Il aurait dû se méfier, examiner de plus près ces lèvres irrémédiablement scellées, tirées vers le bas. J'aurais eu mon mot à dire, dans ce mauvais choix ! Non, papa, pas celle-là, prends-en une autre, une qui sourit, une qui rigole ! Celle-là a le col si haut fermé que jamais elle ne l'ouvrira, c'est visible ! Pense à moi, papa, crois-moi, choisis-en une plus aimable.

Ensuite, plus rien. Il faut croire que nul photographe amateur n'est parvenu à faire se tenir ensemble ma maman si triste et mon papa si ennuyé, fût-ce le temps d'une pose. Je possède une collection de sapins de Noël (ceux que dressait grand-mère Mina) avec moi dessous. Où sont passés les autres acteurs de la fête ? « Mon papa est au ski. » J'étais drôlement fière, moi, d'avoir un papa qui skiait tout le temps, pendant que les papas des autres travaillaient. J'étais moins fière de ma maman, qui ne s'arrêtait de pleurer que pour me regarder avec désolation, comme

le souvenir irrémédiable, impossible à rayer, de son douloureux fiasco.

J'ai fini par m'en aller de sa vie, moi aussi, par sortir
de sa mémoire. Peut-être a-t-elle réussi à tout oublier. Mon
silence, sa disparition, lui auront en tout cas donné cette
chance : je ne peux pas faire plus.

Tout ce gâchis est résumé à mes pieds, dans le pot de
cendres. L'équivalent d'une boîte de havanes, un mois de
cigares.

J'en suis la dépositaire, du pot et du gâchis. Merci du
cadeau.

En bas de l'hôtel, il y a une brasserie très enfumée pour
que les touristes puissent se bâfrer à loisir de la choucroute
au jarret de porc fumé que, ce matin, un camion frigori-
fique a apportée dans des tonnelets de bois. La carte est
écrite en trois langues, allemand en premier, traduction
française et anglaise. Ce sera parfait, *sauerkraut mit schif-
fala* et de la bière. Malgré le peu d'enthousiasme qu'on
a mis à me fabriquer, j'ai tout de même un palais qui déglu-
tit, des dents qui déchiquettent, un estomac qui digère,
comme tout le monde. Les habitués lisent le journal local
enfilé dans les longues perches de bois que l'on trouve en
Allemagne et en Suisse. Dans l'arrière-salle, on joue à la
belote, sous l'affiche « Grand Championnat ». Il me
semble reconnaître un député, père d'une de mes camarades de classe, et le patron de la briqueterie, et le fils de
la scierie, et encore le directeur de La Potasse, parmi des
joueurs moins établis, notables de second choix, commerçants de la ville. Derrière, se forme le rond des spectateurs, à bonne distance, ceux qui n'ont pas de quoi soutenir
l'enjeu de la partie. C'est qu'on mise gros, tout en serrant

57

les mains des électeurs et des ouvriers. Le gratin n'est pas
titré, ici. Pas de grand nom qui aurait fait l'histoire de
la France. Avec les usines, ils continuent à hériter le village, la mairie, les cités ouvrières aujourd'hui somnolentes,
et l'obligation de renflouer chaque année l'équipe de foot-
ball. Plus au sud, les fortunes se comptent en pieds de
vigne, en fûts. Mais nous, on est des gens de la ville et
du commerce. Les bobonnes locales — la paix soit sur elles,
j'aurais assurément grossi leurs rangs si j'étais restée ici,
à ma place — rêvent à la capitale. Le nec plus ultra, c'est
d'aller se fournir en fanfreluches et fourrures à Paris. Elles
mettent une application touchante à suivre la dernière mode
dans les magazines, à dévorer la rubrique culturelle du
Figaro pour être au courant des derniers spectacles. La
plupart déambulent l'après-midi dans les rues du centre
ville, en arborant des panoplies complètes de « jeunes créa-
teurs ». Hélas ! Qui dit centre ville implique périphérie :
elles n'ont guère que trois artères à arpenter, quatre pâtis-
series à investir, où guetter les regards jaloux de leurs
copines et, qui sait, les œillades gourmandes des maris de
leurs copines. Tromper, se faire sauter, n'est pas chose
si aisée, ici. Ça manque de matériel. Hormis le cadre sta-
giaire échoué dans un studio meublé par l'entreprise, il
faut bien chercher autour de soi, se contenter de galipettes
à la saveur connue d'avance avec l'époux de Marie-Louise
ou de Charlotte, pendant qu'elles-mêmes dansent la noria
pour enfiévrer le mari de Gaby. Le soir, tout le monde
réintègre les villas ensevelies sous les sapins, en formations
conjugales cette fois. Et les costumes de « jeunes créa-
teurs » qu'on aura jetés sur le tapis tout à l'heure, on les
enlèvera posément avant d'aller se coucher, les habits et

le cœur remis dans les plis coutumiers, sans désordre. Les scandales sont rares, trop rares, car on baise entre amis. Pour se distraire, on dressera deux tables de bridge, avec les quatre époux d'un côté, les quatre épouses de l'autre, après que les huit auront posé leurs derrières sur les bidets, pour frotter à la savonnette les ultimes traces de leurs croisements adultérins. C'est qu'on est propre par-dessus tout, envers et contre tout. Les rues, les maisons, les façades, les parquets : briqués, nettoyés, polis. A cause des voisins, et des voisins des voisins, qui font la ville entière, son haut du pavé.

Je peux poser un nom ou une enseigne de magasin sur chacun des joueurs, dans le fond de la brasserie, malgré une aussi longue absence. A peine s'ils ont pris un coup de vieux, quelques cheveux blancs par-ci, une calvitie par-là, et de l'embonpoint pour tout le monde. Mon pot de cendres, il y a encore quelques mois, devait lui aussi se trouver là et triturer ses cartes comme les autres. Pas de trou à la table : sa place s'est refermée, déjà. Dans les bistrots des pauvres — quartier de la gare, quartier des abattoirs, quartier du canal — les patrons ont pour usage de constituer une cagnotte des clients, afin de fêter dignement les décès des habitués et de reverser le surplus à la veuve éplorée. L'assurance-vie des poivrots, en quelque sorte. Ça doit retarder de plusieurs jours l'oubli du défunt.

A la brasserie, rien de tel : nous sommes au cœur de l'aristocratie du royaume des cartes, les postulants se pressent nombreux à chaque défection. On les accepte du bout des lèvres, après un vote aussi sévère qu'au Jockey Club : une boule noire, et c'est la fin des espoirs du candidat. Autant se présenter à l'Académie. En prime à cette faveur

— une place à vie à la table de jeux, et des cartes neuves à volonté — le défunt voit son corbillard orné d'une couronne « A notre inoubliable partenaire, Les Amis du Rami ».

C'est ainsi que, pour notre part, nous nous sommes doucettement appauvris. Ruinés serait un bien grand mot, trop d'honneur rendu à nos biens. C'est aux mains du député, du briquetier, du scieur, de l'industriel, que sont allés les sous de mes doublures assorties aux chemisiers cousus à la main par Mme Lecourtois. Puis les sous de mes vacances en plein air. Non que cela changeât quoi que ce fût à nos habitudes. Mais cet écoulement permit à ma mère d'ajouter à ses griefs le fait que je lui coûtais à elle personnellement, à croire que je faisais exprès de grandir aussi vite, et multiplia encore ses crises de larmes : non content de nous abandonner, mon père dédaignait dorénavant de subvenir à nos besoins. Moi, ça m'était égal : j'avais appris depuis bien longtemps à recueillir les billets en devises étrangères que papa abandonnait dans ses vestes, lorsqu'il les portait à Lucie pour le repassage. C'est même Lucie qui, honnête, m'avait fait part de sa découverte.

« Je suis bien embêtée ! Que dois-je faire de tout cet argent ? Je devrais peut-être le donner à ta mère ? »

D'une honnêteté scrupuleuse, elle avait refusé le partage que je lui proposai pour taire ses inquiétudes.

Tout ça ne peut plus durer : c'est ce pot, aussi, là-haut dans ma chambre, collant, insupportablement présent, envahissant, qui me force à marcher à sa place dans ses anciennes traces. C'est décidé : je m'en défais, là, maintenant, tout de suite. Je vais au cinéma permanent à côté de la gare, le Cameo. On donne *les Gens de la nuit*, de

Nunnally Johnson, un film d'espionnage violemment anti-communiste. Pendant que Gregory Peck se démène sur l'écran, je glisse mon paquet sous le siège, devant moi. Et je m'en vais.

A quelle heure ouvre le cinéma?

Ça ne se fait pas, Claude. Tu ne peux pas abandonner ton père comme ça sous un fauteuil de velours. C'est pire que de déposer un nouveau-né devant le porche d'une église. Comment veux-tu qu'il se défende, Claude, qu'il se fasse connaître? N'importe qui aura pu l'emporter, se servir du récipient comme vase. A l'heure qu'il est, ton père est peut-être déjà dans un vide-ordures, dans une décharge. Ça ne va pas, esthétiquement, c'est déplaisant. Va le chercher. Tu le jetteras ailleurs, toi-même, dans une poubelle, là n'est pas la question, mais fais-le toi-même.

J'ai passé la nuit à me sermonner. Et me voici debout à l'aube, devant le cinéma clos, naturellement.

A quelle heure ouvre le Caméo?

Je glisse le papier que j'ai eu la sagesse de prévoir entre la tablette et la vitre de la caisse.

« Perdu paquet important valeur sentimentale. Prière le garder à la caisse. Doit se trouver entre huitième et neuvième rangs. Récompense. Merci. »

Il ne me reste plus qu'à aller ronger mon frein chez Lucie.

Elle aussi est levée, lavée, prête par habitude à sortir « aux commissions » dès l'ouverture de la boulangerie.

— Tu tombes bien, toi ! La gosse est intenable depuis que ce type est venu. Paraît que tu fais un article ? Tu fais des articles, maintenant ?

— Calme-toi, fais-moi du café, explique-toi.

— Explique-toi, explique-toi, tu en as de bonnes ! Tu ne crois pas que c'est à toi de m'expliquer ? Un chauffeur de taxi a sonné ce matin. Il dit que c'est lui qui t'a amenée hier, avec la petite. Il a des renseignements pour ton étude, si tu veux. C'est ce qu'il a dit. Que tu devais l'appeler dans son taxi. Mangouste Agile, il a dit qu'il s'appelait. Mangouste Agile ! On n'a pas idée ! Là-dessus, la gamine est arrivée, complètement nue, tu imagines la honte ! Avec le feu dans le sang, je te prie de me croire ! Elle lui a sauté au cou, c'était très gênant, elle le tenait par son chandail, frottait son museau sur lui, le caressait de tous les côtés. Le pauvre homme ne savait plus où se fourrer pour s'en défaire. Il s'est sauvé vite fait. De quoi j'ai l'air, moi, hein, de quoi j'ai l'air ! Et puis tu vas me dire ce que tu fais avec cette demeurée. Tu vas me le dire, à la fin !

Comme si je le savais. L'ambiance est au noir. Lucie s'essuie les paumes au tablier sans relâche, signe qu'elle est très fâchée. La petite Barthélémy boude, assise dans un coin sur le carrelage de la cuisine, recouverte d'un drap à fleurs.

— Tu te souviens des Barthélémy ? Ceux qui habitaient notre immeuble, avec une tripotée de gosses ? Et la dernière, complètement débile ?

— Oui, et alors ? Qu'est-ce que ça a à voir ?

— C'est elle.

— C'est elle ? Mais pourquoi ?

— Tu te rappelles ce que tu m'as dit un jour, que papa

63

avait son succès jusque dans l'immeuble? Que plus d'une voisine y avait passé?

— Moi! Je t'ai dit ça? Ah non, alors!

— Ah si! Ah si! Remarque, c'est normal que tu aies oublié : tu avais un coup dans le nez, ce jour-là, à cause de ma mère qui voulait te renvoyer. Une histoire de nappe brûlée ou je ne sais quoi.

— Un coup dans le nez? Tu as un sacré toupet, toi!

— Allez allez! Tu crois que je ne le sais pas, que je ne t'ai jamais vue t'envoyer en douce des lichettes de mirabelle? Un coup je repasse, un coup je trinque, un coup je repasse, et je retrinque!

— Pas souvent. Pas souvent. C'était ta mère, quand elle me passait sa méchanceté dessus. C'était facile pour toi, tu partais, mais moi, hein, il fallait bien que je reste!

— Pourquoi tu n'es pas partie, toi? Pourquoi tu n'as pas changé de maîtres?

— Je t'aimais bien. Je ne voulais pas te laisser. Et puis, j'aimais bien ton père, aussi. De toute façon, ça n'a rien à faire avec cette petite!

— Ah pardon! Ça a beaucoup à faire! Une fois que tu m'as eu dit ça, je regardais tous les gosses du quartier d'un autre œil. Un frère par-ci, une sœur par-là, qui pouvait savoir. D'autant que je pensais qu'il suffisait d'embrasser sur la bouche pour avoir un bébé, à cette époque. Les petits Nicolet, les enfants Blaise, les Scherrer.

— Mon Dieu!

Lucie se tait, se ratatine. Sa figure s'est encore plissée : elle a cent ans, tout à coup. Je ne pouvais pas deviner, en lui inventant cette fable, ce qui m'attend.

» Alors tu savais...

— Je savais quoi ?

Elle me regarde, de la sournoiserie dans les yeux.

— Rien. Rien.

— Pas de ça, Lucie. Déballe, maintenant.

— Oh, puis, après tout... Ta maman avait surpris des lettres, tu sais qu'elle ouvrait toujours le courrier, des lettres avec le feu au cœur, je ne sais pas de qui, quelqu'un de la maison, en tout cas. Une femme du quatrième étage, mais je ne connais pas l'escalier. Le nôtre, ou le B, ou le C, je ne sais pas. J'ai calculé, pour l'étage, parce que ta mère criait, « me ridiculiser, me faire ça à moi, trois étages au-dessus, trois étages au-dessus ». Tu la connais, à se braquer sur un détail. Enfin, la voisine de la lettre réclamait de l'argent pour faire passer un gosse, d'après ce que j'ai compris.

— Charmant ! Et mon père, qu'est-ce qu'il disait, mon père ?

— Il rigolait. Tu le connais : dès qu'elle se met à crier, ou à pleurer, il rigole. Il est comme ça, on ne peut pas le changer.

— Surtout maintenant. Tu sais à quelle heure ouvrent les cinémas ?

— Les cinémas ? Et comment je saurais une chose pareille, moi, les cinémas ! Quel rapport, d'abord ?

— Aucun. Continue.

— Il n'y a rien à continuer.

Lucie se referme. Je la devine : elle va se trouver une occupation manuelle, bougonner, soupirer, et se mâchouiller la lèvre inférieure.

— Allez allez, continue ! Comment ça s'est terminé ?

— Je crois que ta mère a porté l'argent elle-même, pour

65

étouffer le scandale, et faire la fière, celle qui est au courant, celle qui mène la danse. Après, à chaque dispute, je l'entendais dire que c'était son argent à elle.

— Il y avait qui, dans les quatrièmes ? Dans notre escalier, c'était, attends... M. Jaeger, le guide des bateaux-promenades. Non, c'était la vieille Urban. Veuve, impotente. Impossible. Et les autres, tu t'en souviens, des autres escaliers ?

— Non, je ne m'en souviens pas.

— Tu ne vas pas me faire croire que sur le moment, tu n'as pas fait le compte des voisines du quatrième ! Tu ne vas pas me faire avaler ça !

— Il y avait les Wolff, escalier B, les Heller, escalier C, et puis, et puis les Barthélémy, escalier D, puisque tu y tiens.

— Les Barthélémy ! Il a sauté Mme Barthélémy !

— Pas sûr. Pas sûr du tout. Mme Wolff, ou Mme Heller aussi bien. Je vais faire du café.

Elle s'en va. Elle sait bien, comme moi, qu'entre Mme Heller, Mme Wolff, Mme Barthélémy, il a très bien pu choisir les trois, chacune son tour, chacune sa fête ! Consolateur des épouses en mal de désir, *miles gloriosus* de cette armée innombrable des « autres hommes », ceux qu'on ne connaît pas, matamore des sens en émoi, pourquoi mon rusé papa n'aurait-il pas susurré, dans un sourire, à Mme Wolff et à Mme Heller et à Mme Barthélémy : « mais ces mains-là, ma douce, mon cœur, ne sont pas faites pour la vaisselle ! Elles sont faites pour être caressées, ma colombe, mon oiseau, mon chaton ! » Je le sais, et Lucie aussi : il nous l'a chantée, la chanson, comme il l'a murmurée à la souillon qui venait tous les mois lessiver les parquets, à l'apprentie de l'épicier apportant notre livraison, à la vieille qui retirait de son chariot de jonc tressé les journaux de l'abonnement, et même à la sœur diaconesse, dont nous n'avons jamais vu les cheveux serrés sous sa coiffe grise, celle que le Consistoire envoyait chercher les ballots de mes vieux vêtements.

Mme Wolff, je l'ai oubliée, dans le lot de nos voisines, souris ménagères et silencieuses que je croisais rarement sous le porche. Mme Heller, une grande jument aux cheveux très tôt gris, au regard étonnamment bleu, se piquait de peindre, invitant régulièrement les locataires de la maison à des vernissages de quartier, en appartement. Elle donnait à notre immeuble la touche artiste qui lui aurait, sinon, fait si cruellement défaut, entre les femmes au foyer encombrées de marmaille et des maris de professions libérales qui rentraient tous à la même heure leur auto dans le garage, avant de traverser la cour, une serviette de cuir marron à la main.

Reste la jolie, l'avenante, la souriante Mme Barthélémy, avec ses cheveux platinés, mousseux, ses bas à couture, son rouge à lèvres couleur cerise qui lui dessine une bouche énorme, la cigarette qu'elle serre entre les dents comme un sifflet, pendant qu'elle roule nonchalamment la poussette de son dernier-né. Elle a tout le temps des bébés, et ce sont les plus grands qui tiennent le ménage, qui se surveillent entre eux, qui se tapent et se giflent, dans la cour. Que fait Mme Barthélémy pendant ce temps-là ? Un autre bébé ? M. Barthélémy est un employé falot, qui tente de juguler leur impécuniosité chronique par des heures supplémentaires. Que fait Mme Barthélémy pendant ce temps-là, je le demande encore une fois... Elle est largement décolletée, a l'air de se moquer du froid et du vent, pas comme nous autres, qui émergeons à grand-peine de nos cache-nez, de nos cravates de fourrure à pompons, qui nous engoncent le col. Elle, n'a pas de fourrure, mais elle a des seins à la place, et ça lui va bien. De son appartement s'échappent des rythmes de boogie-woogie et des ballades de Sinatra qu'elle écoute comme nous, les gosses, sauf que moi je n'ai pas le droit. Qu'est-ce qui a détraqué cette jolie insouciance ? Qu'est-ce donc qui, un beau matin, l'a rendue aphasique, comme dit ma mère, anorexique et asthénique ? Sûrement pas la petite ultime, l'enfant attardée qu'elle a semblé accepter comme un coup du sort dans le lot. Alors, quoi, ou qui ?

Lucie revient avec le café.

— Tu veux que je te dise, Lucie. Je crois que c'était Mme Barthélémy.

— Oh la la ! Ça suffit, avec cette histoire ! Quelle importance ? Je te dis que ta mère a apporté l'argent, que le gosse est passé ! A quoi ça sert ?

— A rien, tu as raison. Mais je suis sûre que c'était elle. C'était la plus jolie.

— Plus jolie ou pas, tout ça ne m'explique pas ce que cette gosse vient faire ici.

Expliquer ! Elle en a de bonnes, Lucie. S'il fallait pouvoir tout expliquer, quelqu'un pourrait-il, alors, me dire ce que je fais là, moi, et Lucie, après trente ans, dans la maison d'un mort ? La petite Barthélémy, elle, semble savoir qu'il n'y a pas d'explication à chercher, pour quoi que ce soit. Elle est là, c'est tout, balancée d'avant en arrière, assise sur ses talons. Pourquoi personne n'est-il venu apporter à Mme Barthélémy l'argent de l'avortement pour cette enfant-là ? Et puisqu'on y est, pourquoi ma mère n'avait-elle pas accompli sur elle-même, en son temps, ce qu'elle avait si complaisamment suggéré, payé, et fourni, qui sait, à l'adultère du quatrième étage ? Elle qui avait éprouvé au centuple les douleurs de l'enfantement, qui chaque jour découvrait de nouvelles répulsions à mon élevage, pourquoi avoir épargné ce calvaire, cette punition suprême, ce témoignage indélébile de la faute à la pécheresse de l'immeuble ?

— J'ai une course à faire. Tu peux encore me la garder ? Ça ne sera plus long, je te promets. Habille-la, s'il te plaît. Je vais l'emmener en promenade.

— Tu apparais, tu disparais, tu crois que c'est une vie ?

Personne n'a jamais tenu compte des critiques de Lucie. Elle les formule sans grande conviction, avec une sorte d'indécision dans la voix. La vie selon Lucie, c'est le repassage, la répétition résignée du nettoyage, l'univers réduit aux dimensions de la maison des maîtres, aux boutiques des commerçants. Pour le reste, qui le sait ?

Il est midi. Je cavale jusqu'au Caméo, et je récupère le pot de mon père et le sac. La femme de ménage chargée de ramasser les emballages de chocolats glacés, entre les sièges, l'a mis de côté. Sans doute a-t-elle trifouillé en vain à la recherche d'un colifichet à chouraver, d'un porte-monnaie à empocher. Je ne dois sa sollicitude empressée qu'à l'hermétisme rébarbatif du paquetage dont les papiers collants ont dû rebuter ses ardeurs. Ça vaut bien le billet que je glisse dans la poche de son tablier.

Lucie a fait de son mieux pour attifer la gosse : ses cheveux sont séparés en couettes par une raie qui part du milieu du front pour zigzaguer en hésitant jusqu'à sa nuque. Ses narines à fleur de tête lui font comme un bouton de porte, autour duquel s'organise une figure aplatie, aux traits à peine dégrossis, juste esquissés sur la plaine de ses chairs. Lucie a nettoyé la morve séchée du nez jusqu'à la lèvre, traçant deux sillons enflammés, luisants de crème Nivéa. La petite se regarde dans un miroir de poche, celui que Lucie sortait des profondeurs de sa blouse à carreaux, lorsqu'elle entendait dans la serrure le mouvement de la clé : ma mère en effet ne manquait pas de lui faire remarquer la mèche rebelle échappée d'une épingle, qui faisait malpropre. Moi aussi, comme la petite Barthélémy, j'ai longtemps joué avec ce miroir, en clignant de l'œil, en l'éloignant puis le rapprochant dans un mouvement de travelling, pendant que je rêvassais sous la table. Une glace ronde sertie dans un cerclage de fausse écaille blonde, un modèle que Lucie doit remplacer de temps en temps, au Prisunic, toujours le même, les trésors usuels des pauvres ne changent guère au fil du temps, même matière, formes immuables.

— Est-ce que tu as toujours ton missel ?

— Oui, bien sûr. Pourquoi tu me demandes ça ?

— Comme ça. Tu aurais pu le jeter, non ?

— Le jeter ? Mais il est en cuir !

Lucie est catholique. Je le sais, car ma mère lui donnait pompeusement ses deux heures, le dimanche matin, l'obligeant à fréquenter la messe malgré les réticences de la bonne, qui aurait de loin préféré somnoler sur son lit, dans son cagibi derrière la cuisine. Ma mère, pensant faire ainsi preuve d'une grande miséricorde à l'égard d'une paroissienne aussi peu empressée, veillait au grain. Avec une croix de poitrine en plaqué or Burma, le seul cadeau qu'avait offert la patronne en étrennes était cet usuel en latin, relié de cuir chocolat, enluminé d'images naïves, que la pauvre Lucie s'échinait à feuilleter en prenant l'air « religieux » — paupières baissées, bouche ânonnante — lorsqu'elle voulait se faire bien voir, obtenir une permission d'un soir.

Lucie a sorti le volume à la tranche dorée du tiroir du buffet, impeccable. C'est une sorte de cérémonie, l'exposition aux regards d'une relique. Sans doute, des images similaires venues surnager depuis les bas-fonds de son enfance, un tiroir de cuisine d'où une sœur aînée sortait quelque friandise, illuminent la face, le brouillon de visage de la petite Barthélémy. On croirait, à condition d'y mettre de l'indulgence pour la grimace qu'elle parvient à dessiner, qu'elle sourit. Sa bouche se fend d'une oreille à l'autre, et elle l'étire encore en y fourrant la main.

— Prête-lui, Lucie. Ça va lui faire plaisir, si elle sait ce que ça veut dire, plaisir.

— Lui prêter ! Mais tu es folle, elle va le déchirer ! Mon livre de messe !

— Mais non ! Cesse de voir toujours le pire ! Et puis, qu'est-ce que ça peut faire, tu n'y vas plus, à l'église.

— Tu en as de bonnes, toi. C'est des souvenirs, et puis, c'est du cuir.

— Allez, donne-lui. Je t'en rachèterai un, si elle l'abîme.

A contrecœur, Lucie approche le livre de la gosse, comme le dompteur nourrit son lion d'un quartier de viande au bout d'une pique. C'est qu'elle regarde les images, la petite, avec une grande attention et toujours sa grosse tête fendue jusqu'aux oreilles par la limace qui lui sert de bouche.

» Tu vois bien qu'elle ne le déchire pas !

71

— C'est une gentille gosse, j'ai vu ça tout de suite, moi.

Et Lucie se rengorge, retrouvant sa fierté d'antan, à contempler sa belle ouvrage, cette enfant étrillée de frais, coiffée, vêtue d'une de mes robes bien coupée, pimpante.

— S'il n'y avait pas sa tête, on pourrait la sortir sans causer du spectacle. Peut-être qu'avec un chapeau, une paille, on arriverait à la cacher un peu. Je vais essayer.

Et Lucie part trifouiller dans ses affaires, pour revenir avec une capeline de jardinière entourée d'un gros-grain noir.

Ainsi parachevée, la petite Barthélémy évoque assez les fillettes aux chairs tendres, rose pâle, toujours un peu chiffonnées, que l'industrie du chocolat en boîte emprunte pour décor à Renoir. Elle en a les yeux liquides, en tous les cas, l'humidité un peu molle de la laitue en fleur.

— Je vais lui mettre un « gilète ».

Lucie, qui, pour le moment, joue à la poupée, a toujours appelé « gilète », avec une pointe d'accent d'ici, les laines tricotées à la maison dont ma mère recouvrait mes bronches obstruées, quelle que fût la chaleur du dehors. Elle affuble la petite d'une veste en angora mauve, rebrodée de lapins en relief, que je reconnaîtrais entre mille pour l'avoir traînée jusqu'en terminale, la bouche chatouillée par le poil duveteux.

— Mais c'est à moi, ce truc-là !

— Oui, j'ai gardé tes meilleures affaires. Inusable, ça.

— Et tu les portes ?

— Oh non !

Lucie semble scandalisée, à l'idée de se glisser dans les habits des maîtres.

— Mais qu'est-ce que tu en fais ?

— Je les regarde.

Lucie, dépositaire des reliques familiales, gardienne de notre musée, fiche-moi cette camelote en l'air ! C'est fini depuis belle lurette, cesse de rassembler dans les paquets que tu mets de côté les mégots de Gitanes à demi fumés, car je suis sûre que tu continues à archiver, obstinément.

A quoi ça sert, les boîtes à chaussures trop vastes pour quelques boutons dépareillés, les boîtes à biscuits en fer où tu entasses les bonnets de soutien-gorge, et les boîtes roses de bouchées Mon Chéri, ton péché mignon, pour les cartes postales envoyées de ma maison de repos, et la boîte au couvercle pyrogravé « souvenir de Lans en Vercors », où tu ranges les boules à repriser, les chaussettes, et encore la boîte en cuivre qui s'ouvre en couinant *le Lac des cygnes*, libérant une ballerine en tutu pirouettant sur elle-même, où tu plies les ordonnances du pédiatre vieilles de trente ans, parce qu'on ne sait jamais ? Tout cet empilage, cette placardisation, ne feront revenir personne. Ces rogatons de notre famille, tout ce qui en demeure, autant le jeter, définitivement, le poser au bord du trottoir en attendant le passage de la benne des éboueurs, comme je devrais faire avec mon pot, comme je ne m'y résous pas, je suis comme toi, on garde tout, on est des bêtes, des sentimentales, au fond, pour aimer pleurnicher comme ça en triturant les vieux « gilètes » et les missels en latin.

— Viens que je t'embrasse, ma Lulu, tu l'as bien mérité, elle est resplendissante, cette petite, de quoi faire un défilé de mode au pavillon des demeurés. Elle est superbe, vrai, et elle a l'air enchantée, en plus de ça...

Pour la peine, on va prendre l'autobus, toutes les deux, la petite Barthélémy et son chapeau de paille et son gilète mauve, et moi avec mon pot. Je la tiens par la main, une paume moite, abandonnée, du flan. Ce qui est très pratique avec ces enfants-là, c'est qu'on trouve en un instant toute la place qu'on veut pour s'asseoir. Les voyageurs s'écartent, se dressent, s'égaillent, et je ne leur en veux pas, ça fait peur, ces figures de l'au-delà, visages de mystère, encore dans les limbes de l'innocence. Si ça ressemble à ça, les anges du Paradis, mieux vaut souffrir mille enfers.

Planté au milieu de la cour de mon école élémentaire, s'étalait un baraquement préfabriqué, souvenir de l'après-guerre, où l'on avait relégué les élèves de l'école dite « de perfectionnement », appellation pudique pour le hangar des débiles. Ratés de tout poil, hydrocéphales et mongoliens, on les dévisageait au carreau, tous ces fruits mal venus de grossesses monstrueuses, dans ce temps pas si lointain où, faute de télévision où suivre les brasses pelotonnées du fœtus baigné de liquide amniotique, on prenait ce qui arrivait, nouveau-nés en forme de têtards qu'on présentait en catimini aux parents éplorés avant de les jeter aux rigueurs de la vie.

La petite Barthélémy, mon père et moi, sommes environnés d'un cercle de dégoût, tandis que les usagers s'entassent dans l'autobus. Elle habite loin, ma mère.

Depuis qu'elle a quitté notre immeuble, un beau matin, de but en blanc, sans un mot d'explication, elle s'est installée dans cette jolie banlieue piquée d'arbres, à l'orée de la forêt. Ça sent bon, ici, le calme, la tranquillité, et les roses tardives des jardins enchifrenées sur les grilles forgées.

J'ai trouvé son adresse par élimination, dans l'annuaire.

J'ai téléphoné à tous ceux qui portent son nom, dans les quartiers les plus divers, y compris chez les pauvres, on ne sait jamais. « Allô, c'est Claude. » Tous m'ont sagement répondu qu'il n'y avait personne de l'identité de ma mère chez eux, rien de tel, et que des Claude on n'en comptait pas dans la famille, sauf un type qui en a profité pour me glisser des propositions de rendez-vous, un petit malin. Et puis elle, dont j'ai reconnu le silence lorsqu'elle a décroché, dont j'ai senti l'hésitation lorsque j'ai décliné mon nom, dont la voix métallique résonne encore à mon oreille lorsqu'elle a précisé, sur un ton qu'elle voulait neutre, celui d'une standardiste, d'une employée : « Vous faites erreur », avant de raccrocher.

Le souvenir de son départ, qu'elle avait organisé comme une sortie de théâtre, n'avait pas laissé plus de trace qu'un nuage dans un ciel d'été. Ce beau matin, elle n'avait plus été là, c'est tout. N'en était resté qu'une enveloppe scellée adressée à mon père, que celui-ci s'était empressé de perdre, sans que j'aie jamais su s'il avait pris le temps de la décacheter. Lucie avait trouvé convenable de pousser quelques soupirs, soulagée sans oser le dire d'être enfin débarrassée des continuelles et menaçantes dragonnades dont ma mère avait le secret. Moi, j'étais déjà « élevée », paraît-il, c'est-à-dire que je savais tenir ma fourchette, dire bonjour aux gens, briser les pattes de homard, tout le nécessaire pour naviguer seule dans la vie.

J'avais vécu cet abandon comme une seconde naissance, savourant une solitude bien méritée dans les profondeurs de l'appartement où mon père faisait quelques apparitions, de plus en plus rarement, me forçant à courir sur ses traces pour ramasser l'argent du ménage, quand Lucie n'avait

75

même plus de quoi acheter les pommes de terre à l'eau dont elle me nourrissait le soir.

« Papa, papa, papa, papa », je bourdonnais dans son dos en le tirant par la manche, en louchant dans les jeux du député-maire et des transports Sotrapo, jusqu'à ce qu'il daigne enfin s'apercevoir de ma présence, grande asperge encore en socquettes, boutonnée jusqu'au menton, le genre à lui faire honte. « Lucie demande les sous du mois, on n'a plus rien. » Il sortait des liasses de sa poche, sans se retourner, pour respecter la concentration silencieuse du député-maire et des transports Sotrapo, prêts à conclure le coup, les crocs fichés dans la table.

Chacun y trouvait son compte : Lucie gérait la tenue de la maison, je dilapidais des sommes folles en livres et en albums, et lui trouvait à l'occasion de quoi calmer une faim nocturne dans le réfrigérateur.

Non, ma mère ne nous a guère manqué : je vécus mes dernières années de jeune fille dans la sérénité d'un appartement sans larmes, sans cris, sans la peur lancinante de déclencher une crise hystérique.

Sa maison ferme le fond d'une impasse, en bordure de la forêt. Dans son jardin, il n'y a pas de fleurs : elle n'a jamais eu la main verte. De lourds sapins y ploient sous le poids de leurs branches noires, à toucher le gravier. Malgré la chaleur de cette fin d'été, les fenêtres sont fermées, bouchées de voilages tarabiscotés, qui se croisent et se recroisent en volants bouillonnés. C'est laid. Je crois les voir bouger, ces rideaux, mais sans doute n'est-ce qu'une illusion : on s'imagine toujours que les rideaux bougent dans les ruelles calmes où l'on n'est pas connu.

Je sonne.

La petite Barthélémy se tient coite, occupée à fourrager dans son nez, sous la capeline de paille.

Je sonne encore.

Je suis sûre maintenant d'avoir vu les rideaux bouger, le soleil, le vent, la chaleur, le souffle des arbres qui vient de la forêt, c'est peut-être l'infime mouvement de la vie qui les a fait frissonner, mais je les ai vus.

J'y vais.

La grille s'ouvre sans difficulté, il suffit de glisser la main entre les volutes de fer, de tirer la targette derrière la serrure. Ça n'est pas fermé à clé, elle est là, terrée chez elle, j'en suis sûre, je la revois encore surveiller les ouvriers venus poser la porte blindée, cette femme méfiante et suspicieuse ne sortirait pas sans fermer à clé.

Je sonne à la porte, maintenant, longuement, sans enlever mon doigt. La petite Barthélémy me regarde, très intéressée. Puis je fais le tour par-derrière, entre le linge étendu, les pots empilés, les râteaux et le tuyau d'arrosage, tout ce qu'on trouve au fond des jardins de ces maisons-là, pas très soignés, ces ustensiles domestiques qui mènent invariablement à la porte de la cuisine par un escalier de pierre.

Et je sonne, là aussi. On ne pourra pas dire que je ne lui ai pas donné sa chance. Tant pis pour elle.

J'installe la petite Barthélémy à côté du tuyau, je lui montre comment le dérouler, pour qu'elle joue, je pose mon pot devant l'entrée du service, et je m'en vais, doucement, à l'insu de la gosse. Qu'est-ce que je peux faire d'autre ?

Ça a raté, c'est tout raté, je le savais d'avance, je l'ai ressassée assez longtemps, cette terreur des retrouvailles, pour reconnaître le volcan fou dans mon ventre, la lave en fusion dans mes flancs, la trahison de mon corps qui menace de rompre ses barrières, de couler entre mes jambes, sur le trottoir. Il faudrait que j'aie le courage de continuer droit devant, de léguer à ma mère le paquet de questions sans réponses que j'ai traîné jusqu'ici, que je la laisse s'en débrouiller. Partir en sifflotant, retrouver les Éditions du patrimoine culturel de la France, M. Murat et Mlle Sourdillon, filer, ressembler à mon père, c'est ça, filer.

Comment ne pas entendre le hurlement de la petite Barthélémy, sa plainte qui n'en finit pas, de cette même douleur qui m'a vrillé les tempes le jour où on est venu l'arracher à la quiétude de notre cour?

Je fais demi-tour, déjà vaincue.

La gosse est agrippée à la grille, la tête levée au ciel, les yeux retournés, on ne voit que le trou de la bouche, par où jaillissent le cri et des flots de salive. Elle ne sait pas ouvrir, c'est ce qui l'a empêchée de me courir après, la poupée de chiffon a été projetée de l'autre côté des fioritures de fer dans une sorte d'essai de fuite. La poupée dehors, au bord de la rigole, et elle, dedans, à braire, à meugler, à griffer ses petits doigts tout rongés, tout lacérés sur les nénuphars ornementaux, à pédaler avec frénésie le long des piquets de fer si lisses, dans un projet fou d'escalade.

— Viens là, ma poupée, viens.

J'ai soulevé le loquet, pour recevoir contre ma poitrine ce corps flasque et raide à la fois, traversé de soubresauts. Elle est moins bête qu'elle ne le semble, cette pauvre petite. Sinon, comment aurait-elle deviné le danger qu'il y a à rester là, dans le jardin clos de cette grande femme ? Regarde-moi, mon bébé, tu vois le résultat. J'aurais dû, comme toi, m'enfuir, essayer de toutes mes forces d'arracher les grilles de mon parc en bois, où je marinais des heures durant dans le cliquetis des hochets.

Ma mère est à la fenêtre du balcon, au premier étage. Souriante, ma foi. Elle attend. Pleine de ce calme que je connais si bien, le calme faux du mépris total.

Elle n'a pas changé.

Accoudée à la rambarde, elle est belle, ample, majestueuse. Le visage est à l'unisson, avec le nez un rien trop fort, la bouche dessinée large, sans hésitation, les pommettes saillantes, les yeux d'un bleu si intense dans la pâleur de son front haut, augmenté encore de la coque bouffante des cheveux noirs coiffés en chignon à l'antique, retenu sur les tempes par les peignes en écaille que je distingue mieux, aujourd'hui que quelques mèches blanchies viennent s'y ranger. Par-delà le temps, elle semble descendue de l'un de ces portraits ombreux où de jolies dames au regard triste émergent dans la clarté parcimonieuse de lourdes tentures de velours. Comme je l'ai toujours vue, elle ne porte aucun bijou, le cou, un peu flétri sans doute, enserré dans le corsage d'une robe de flanelle unie, un habit de religieuse qui lamine la moindre esquisse de courbe. Elle n'a ni seins, ni fesses, ni taille. J'imagine derrière les balustres prétentieux sa jupe à mi-mollets, pas assez longue cependant pour cacher l'inégalité de ses chaussures, l'une à talon plat, l'autre à semelle compensée, pour pallier les centimètres, les quelques petits centimètres de rien, qui ont fait d'elle une boiteuse à vie, une claudicante précaution-neuse sur le chemin des ans qui passent.

C'est une fin d'après-midi estivale, dans cette rue calme de cette banlieue calme. Les bruits de l'avenue sont loin, trop loin. Un chien aboie çà et là, une femme passe un peu plus loin, retenant un caniche jaune piaffant. Je reste en deçà de la grille, la petite Barthélémy toujours collée à moi, je suis son rempart et elle est le mien, et je regarde ma mère, accoudée impassible au balcon. J'ai l'air implo-rant, j'en suis sûre, on a toujours l'air implorant lorsqu'on regarde d'en bas.

C'est le moment que choisit le destin pour le démarrage des arroseurs automatiques, dans le jardin. Le destin, oui, parce qu'il ne faut pas croire qu'il accomplit toujours de grandes choses, il trafique aussi du misérable, du minable, du ridicule, pour ce que j'ai pu en constater. La preuve : à peine ai-je commencé d'entendre le doux chuintement bucolique des pommes d'arrosage, que nous voici trem-pées, la petite et son chapeau, moi et mes lunettes qui com-mencent à dégouliner.

Ma mère ? Elle sourit, ma mère, aimable, mutine, tandis que je cours ramasser le sac de papa qui menace de prendre eau.

— Monte donc, ma petite fille ! Pourquoi diable n'entres-tu pas ? Je descends t'ouvrir.

J'attends devant la porte de façade, mais c'est derrière que j'entends le battant grincer. Par le service.

Nous sommes de plain-pied dans une cuisine trop vaste pour une personne seule, trop rangée.

» Tu es trempée. Il vaut mieux que tu restes dans la cuisine. Je n'ai pas de bonne en ce moment.

Elle n'a pas de bonne en ce moment, voilà ses premiers mots après plus de quinze ans de silence. Nous allons tout mouiller, je comprends, et je dis « je comprends ».

— Tu ne dis pas bonjour à ta mère ?

— Bonjour, mère.

— Pourquoi n'as-tu pas sonné ?

— Mais j'ai sonné !

— Tu as sonné ? Vraiment ? Je n'ai pourtant rien entendu.

— Je vous assure, mère, que j'ai sonné.

— Ça n'est pas très important, du reste. Si tu le prétends, tu as sans doute raison. Dis-moi plutôt ce qui t'amène, toi et cette... drôle de personne. Une amie ? Ça non plus, ça n'est pas très important. Après tout, ça ne me regarde pas. Qu'est-ce que tu viens faire ? Non, mademoiselle, pas sur la chaise. Elle va mouiller le coussin.

La petite Barthélémy s'assied sagement sur l'horrible coussinet au petit point, fruit des insipides soirées de ma mère, d'innombrables aiguillées.

» Est-ce qu'elle est sourde ? Je vous ai dit de ne pas vous asseoir !

81

— Elle ne comprend pas.

— Retire-moi ça de là, je te prie.

Ses yeux tournent au violet. Je connais ce signe par cœur ; si je n'obéis pas, elle va pâlir, se mettre à trembler, avant d'entrer dans une fureur incontrôlée. Vite, je prends contre moi la gamine, je l'assieds par terre, sur le carrelage, en lui donnant la paille de Lucie, détrempée par le jet d'eau.

» Ma pauvre fille, tu as un don pour indisposer les gens. Est-ce qu'on impose une... cette... ce porcelet ? Tu n'as décidément pas changé. Laisse-moi te regarder. Non, tu n'as pas changé. Je t'aurais reconnue dans une foule, je crois.

— Les liens du sang, maman.

— Ne m'appelle pas maman, c'est grotesque, à ton âge. Finissons-en, Claude. Pourquoi es-tu venue ? J'espère que tu as une bonne raison, tu as dû te donner du mal, pour me retrouver.

— Mon père est mort. J'ai pensé qu'il fallait vous en avertir. Il est là, dans ce sac. J'ai pensé aussi que nous pourrions le mettre dans le caveau de notre famille, là où vous irez, là où j'irai moi aussi.

— Mais qu'est-ce que tu racontes ! Il est dans ce sac ? Toujours aussi menteuse, hein ? Et même si cela était, ça ne me regarde pas, tu entends. Le caveau, c'est mon caveau, le caveau de ma famille. Il n'en est pas question. Alors ça, non, il n'en est absolument pas question. C'est un caveau convenable, d'une famille convenable.

— Maman, qu'est-ce qu'on t'a fait, dis ? Qu'est-ce que je t'ai fait ?

— Ne me parle pas sur ce ton. Tu ne vas pas te mettre

82

à pleurnicher ! Vous l'avez bien cherché. A vous conduire comme des gitans, comme des protestants, ne respectant rien, ni Dieu ni sacrements.

— Moi, mère, moi, j'étais si jeune !

— Toi ? Mais regarde-toi, ma pauvre Claude, regarde-toi ! Tu viens ici, avec ce déchet, qui hurle dans la rue, au nez des voisins ! De quoi vais-je avoir l'air, t'en es-tu seulement souciée ! Et t'ai-je seulement invitée ? Ah ! Toujours la même, ça oui. Rien de moi, tu ne tiens rien de moi, tu m'entends ? J'ai beau chercher, faire un effort, et je peux t'assurer que j'en ai fait, des efforts, autrefois, pour faire de toi une petite fille correcte. Mais rien, rien. Vous n'existez plus, vous n'existez pas, pour moi, tu m'as comprise ?

— Je crois, oui, je crois.

Il y a des mouches, dans cette cuisine, qui bourdonnent lourdement autour de la table. Le soir tombe déjà, doucement, et les derniers rayons du soleil rasent la batterie des casseroles en cuivre accrochées au mur pour la décoration.

— Bien. Maintenant que cette affaire est réglée, est-ce que tu as soif ? Veux-tu un verre de xérès ?

— De l'eau. Je veux bien de l'eau.

— Allons, ne nous fâchons pas. Puisque tu es là, veux-tu voir la maison ? Je me suis donné du mal, pour l'arranger à mon goût. Tout n'a pas été facile pour moi, tu sais. Une femme seule, des rentes modestes, ton père avait mangé ma fortune depuis longtemps, je n'ai guère eu les moyens de penser au superflu. Enfin, j'ai fini par faire ici mon nid. Viens, allons, viens, je suis ta mère, après tout. Je me suis emportée, tout à l'heure, mes paroles ont dépassé ma pensée, peut-être. Ne gâche pas cette visite,

Claude, puisque tu es là. Ne fais pas cette tête de boudeuse, oh, je la connais bien, ta tête de boudeuse ! Ton
amie n'a qu'à attendre dans la cuisine, je ne voudrais pas
de dégâts, je n'ai pas de bonne en ce moment.

— Je sais, mère, vous n'avez pas de bonne.

— Eh oui, je n'ai pas de bonne. Et avec mon pied...

Elle minaude en souriant sans parvenir à me regarder.
Et moi, par lâcheté, par curiosité, je la suis dans le couloir, après avoir donné un verre d'eau à la petite Barthélémy, de l'eau du robinet, et un *Témoignage chrétien* que
j'ai sorti de la boîte à ordures. Tout est rose, ici, bois de
rose, vieux rose, rose dragée, rose saumon, lilas, toute une
palette de vomi, jusqu'aux bouquets, jusqu'aux rideaux,
jusqu'aux tapis, aux courtepointes, aux coussins brodés,
aux moulures du plafond, aux lustres à pampilles, aux
napperons.

» Tu vois, ici j'ai fait installer une deuxième salle de
bains. Pour les invités.

Les invités ? Quels invités ? Et si conviés il y a, je leur
souhaite bien du plaisir à barboter dans la toile de Jouy,
les bergers roses alanguis sur de pastorales jeunes filles
en cotillons froncés, les nappes roses de satin juponné :
une horreur.

» Veux-tu voir l'étage ? Puisque tu es là, monte voir
l'étage, pour une fois !

Ma mère accentue à plaisir son boitillement, posant les
deux pieds sur chaque marche, avec lenteur, afin que je
prenne la mesure de l'honneur qu'elle me témoigne en me
conduisant là-haut. Je suis à peu près sûre que personne
ne vient jamais ici. Par quel miracle aurait-elle cessé de
voir en chaque visiteur un voleur, en chaque voisin un indis-

cret ? Peut-être même suis-je la première à lui offrir l'occasion tant attendue, inespérée, de dévoiler ce qu'elle nomme pompeusement « sa décoration », la disposition minutieuse, méticuleuse, appliquée, d'un bazar de biscuits de Saxe et porcelaines allemandes, en rangs d'oignons. Toute une obsession figée, rangée, matée sous les vitrines, de couples éperdus de mièvrerie, de galants affectés penchés sur des tendrons minaudants, de marquis au violon, de marquises au clavecin, de pékinois mordillant le bout d'un chausson, de bergères en extase vautrées près de leur mouton, de pâtres accoudés à des houlettes enrubannées, sa bimbeloterie démodée de chichis sentimentaux.

Il y en a jusque dans la chambre, de chaque côté du lit étroit de femme solitaire. La fenêtre ouvre sur le balcon, noyée dans un rideau à cantonnière passementée d'une cordelière dorée.

— Vois-tu, de la fenêtre, je peux enclencher les serrures des entrées et des grilles ; par les temps qui courent... Je peux aussi contrôler l'arrosage, selon l'état des températures, le déclencher ou le bloquer. Ça m'évite de descendre l'es...

Elle se tait, rougit, consciente d'avoir, dans le feu de son discours, trahi l'origine de la trombe dont elle nous a douchées.

— C'est vous, n'est-ce pas, qui nous avez arrosées ?

— Mais non, qu'est-ce que tu vas chercher !

— Si, c'est vous. Je m'en doutais. Je le savais. Merci pour la visite.

Je la plante sur le balcon, où elle n'en finit pas de gémir, d'une voix doucereuse, « Attends, voyons, c'est un malentendu, une simple plaisanterie, comme tu es susceptible ! »

85

Les marquis au violon et les marquises aux robes à paniers et les bergères avec leurs houlettes et les pékinois, et les chaussures à rubans, et les pipeaux, et les bosquets, et les clavecins, je les balaie de leurs vitrines, j'en ramasse, des galants, des amoureuses, des coquins, des moutons, des mutines, de tous mes doigts, je les pousse à coups de pied, et je m'offre le plaisir sans partage de balancer dans l'escalier tout ce que je peux saisir de ces mignons sujets. Et ça valse, et ça cogne, et ça rebondit, et ça dévale les marches dans une gigantesque glissade de vaisselle cassée, un tintamarre de jeu de massacre, un casse-pipes, une déglingue de têtes et de corps qui roulent jusqu'en bas en trébuchant, pour mourir dans l'ultime cliquetis de bouts de bibelots qui lambinent avant de choir.

J'entends à peine, tellement j'écoute le délicieux fracas, le boitillement syncopé de ma mère, courbée sur ses décombres, ses sanglots pathétiques. Dans la cuisine, je ramasse d'une main la petite Barthélémy cramponnée à son *Témoignage chrétien*, de l'autre mon père.

— Venez, on s'en va !

2

Le seigneur de la nuit

Des années ont passé. Depuis que j'ai quitté, après des siècles de labeur, les Éditions du patrimoine, j'habite, en Italie, le petit appartement en étage qui communique avec la boutique de souvenirs où je vends, en saison, quelques minces gondoles en verre soufflé rose aux touristes perdus qui s'arrêtent pour me demander leur chemin. Le quartier est tranquille : lorsque le temps le permet, je m'installe sur une chaise paillée dans la rue, et j'attends que le quincaillier d'à côté vienne me demander mon opinion sur les numéros de la loterie qu'il s'apprête à inscrire sur son bulletin. Le reste de la journée, une fois que j'ai abaissé mon store, plié les volets de la vitrine, je le passe à ressasser, comme toutes les vieilles.

Ici, pour tout le monde — le peu de monde que je connais — je suis Mme Claudia, un point c'est tout.

Du passé, je n'ai emporté que le pot de mon père, qui trône aujourd'hui sur l'étagère d'exposition, derrière le comptoir, au milieu des cavaliers de bronze et des Apollons en résine.

M. Robert, le chauffeur de taxi — Mangouste Agile, Langouste Fragile, je ne sais plus — avait téléphoné plusieurs fois, pendant les jours durant lesquels j'avais pratiquement refusé d'ouvrir les yeux. Lucie m'observait avec méfiance. Étais-je endormie ? Faisais-je semblant ? Avec moi, comment être sûre ? Je la sentais pleine du désir de m'avouer qu'elle en avait marre, de mes histoires, de mes secrets, de la petite Barthélémy, de ma léthargie dédaigneuse — pas un mot, pas une explication — et peut-être même de ma présence. Elle ne le confesserait pas, parce que la maison était à moi, en fin de compte, avec ses tuiles manquantes, sa façade lézardée, sa tuyauterie défaillante, à moi, tout ça. Parce que, aussi, elle avait l'habitude du service, d'accepter sans broncher les lubies de ses maîtres, les miennes en particulier, depuis le lait rejeté jusqu'à mes silences butés.

La petite Barthélémy n'avait guère quitté le pied de mon lit, depuis le soir où nous étions rentrées, où je m'étais couchée sans rien dire. A mon réveil, Lucie avait beaucoup insisté sur le nombre de flaques de pipi par terre, qu'elle avait dû essuyer, bien qu'elle lui eût demandé à maintes reprises si elle voulait « y aller », si elle voulait « faire ». D'instinct, la bonne avait retrouvé les expressions de mon enfance, usé des techniques éprouvées lors de mon apprentissage de la propreté, plus de trente ans auparavant : doigt passé dans la culotte pour vérifier son degré de sécheresse, dépôt d'une cuvette rouge à côté de la petite Barthélémy : le pot de bébé, on l'avait jeté depuis belle lurette. Rien, peine perdue, on aurait cru que cette enfant se retenait exprès, attendait que Lucie soit sortie de la chambre pour « en profiter », et « faire ».

Lucie m'apprit aussi que nous étions rentrées bien tard, l'autre soir, les habits chiffonnés, et le chapeau, envolé le chapeau, qu'est-ce que nous en avions fait, du chapeau.

— Qu'est-ce que vous avez fabriqué, pendant tout ce temps ?

J'avais dû hausser les épaules, ou soupirer, tourner la tête vers le mur, contempler les guirlandes bleues du papier peint. Parler ? Pour dire quoi ? Nous étions rentrées à pied, traversant la ville de part en part, une belle trotte, sous la chaleur accumulée de la fin du jour. Je suppose que, comme je le fais encore aujourd'hui, j'avais dû pour la première fois ruminer cet ultime ratage, revoir les porcelaines dégringolant les marches, tenter de chasser les misérables cris de ma mère, « Voleuse ! saleté ! racaille ! mes saxes ! », l'imaginer claudiquant dans l'escalier pour essayer de saisir au vol des morceaux de trésor. Je ne me souviens avec précision que du poids du sac, de mon bras ankylosé, paralysé, de mes doigts marqués par la double poignée, de la main moite de la petite Barthélémy accrochée à moi. Je me souviens aussi du plaisir intense — le plaisir sensuel de sentir le sang cogner aux tempes et au ventre — de savoir enfin brisés les mignons objets briqués, époussetés, adulés, aussi précieux que le tibia d'un saint, nos reliques bourgeoises, auxquelles ma mère tenait comme à des quartiers de noblesse, ses bagatelles, ses caprices, son bric-à-brac.

On est rentrées, on avait chaud, c'est tout ce que je peux dire. Je me suis mise au lit, pour avoir droit au chouchoutage du lait de poule, au questionnement anxieux de Lucie, à ses avances, à ses attaques sournoises, pour que j'accepte de fourrer sous les draps le thermomètre qu'elle brandissait en même temps que la cuvette rouge pour les pipis de la petite Barthélémy.

Ça n'a eu qu'un temps. Il a bien fallu se relever : seules les accouchées ont le droit de paresser au lit sans être malades.

Lucie m'avait proposé sa spécialité, le nègre en chemise, en me montrant fièrement les moustaches de chocolat de la petite Barthélémy.

— Je lui en ai déjà donné. Elle adore ça, on dirait.

La petite était affairée à donner de grands coups de pique avec les ciseaux dans un catalogue de La Redoute.

» Tu vois, elle saura bientôt découper. C'est moi qui lui ai appris, pendant que tu dormais.

— C'est bien, ça, c'est bien.

— Et puis attends, ce n'est pas tout ! Attends ! Tu vas voir !

Lucie avait saisi le visage barbouillé entre ses mains :

» Comment tu t'appelles ? Moi, Lucie, toi, Barté. Je lui ai appris Barté, tu comprends, pour le début, c'est plus facile. Moi, Lucie. Toi ? Toi ?

— Si.

La pauvre s'était arraché une grimace de sourire, enchantée du grasseyement de sa voix encombrée de mucosités. Lucie, désormais, n'allait plus cesser d'appeler « Barté ! Barté ! » à tout bout de champ, en brandissant un doigt comminatoire sur le thorax efflanqué de la petite Barthélémy, médusée et consentante.

— Et moi, Lucie, tu m'appelais comment ?

— Comme si tu ne t'en souvenais pas ! Poupi, voyons ! Tu étais ma petite Poupi, et la Poupi de ton papa.

Ça déplaisait à ma mère, qui trouvait les diminutifs ridicules. Mon père, au contraire, devait beaucoup aimer ça : ses conquêtes aussi, il les baptisait Poupi, sans doute pour éviter de retenir les prénoms sans avenir de celles qui, sans le savoir, ne faisaient que passer, les Marlène et les Louise, les Carole et les Huguette, comme se nommaient les filles de cette époque et de milieu modeste, n'ayant pas encore éprouvé la nécessité de changer leur condition en exotiques Vanessa et Lola.

Les Poupi emplissaient les bistrots, en ce temps-là.

M. Robert, le taxi, m'avait donné rendez-vous dans sa Mercedes jaune pour « faire la tournée des grands-ducs », selon l'expression consacrée. Il m'avait répondu au téléphone avec un grand soulagement, m'avouant avoir pris ma maladie pour une excuse diplomatique, une façon de me débarrasser de lui, peut-être pas assez chic pour une journaliste.

Depuis, j'en ai connu quelques-uns, des cabarets, avec M. Murat, qui répugnait à retrouver Mme Murat dès la sortie des Éditions. « En tout bien tout honneur », il m'offrait « une coupe », se donnait l'avantage de parader devant un public de barmaids accablées par ses plaisanteries usées. Mais, à l'heure où nous allions nous affaler sur la banquette de tissu écossais du Derby ou du Yellow Dog, une fois dépassées les portes anonymes des immeubles miteux derrière la porte Maillot, il n'y avait encore ni spectacle ni strip-tease, ces « strips » que M. Murat me décrivait comme le dévoilement de la fine fleur des trésors féminins, « plus émouvant que les plus beaux fleurons du patrimoine, et je m'y connais, ma petite Claude, vous pouvez me croire, hein Loulette que je m'y connais ? ». Loulette du Derby, Lili du Yellow Dog souriaient mollement, et M. Murat en profitait pour pousser son pion, me glisser à l'oreille que moi-même, si j'avais voulu, il n'aurait tenu qu'à moi d'être engagée à coup sûr, et plutôt deux fois qu'une, encore, il m'apprendrait la lenteur de l'effeuillage, si je voulais.

— Vous croyez, monsieur Murat ?

— Comment, si je crois ! Hein, Loulette, regarde-la un peu ! N'est-ce pas qu'elle aurait fait une artiste épatante ? Le problème avec vous, Claude, c'est que vous en avez trop dans le cigare : ça vous gâche.

Ni au Derby, ni au Yellow Dog, je ne retrouvai le Récamier et encore moins le Richelieu, où j'entrai pour la première fois ce soir-là, avec M. Robert.

Enfant, je m'en étais fait un monde, du Richelieu. Un monde composé, dans mes suppositions chaotiques, de tout ce que nous n'avions pas à la maison. Ça allait des femmes décolletées, à rouge à lèvres et hauts talons, jusqu'à un poste de télévision toujours allumé, même pour les films à carré blanc. Au Richelieu, à mon avis, on n'était pas obligé de regarder les émissions philatéliques de Jacqueline Caurat. Le Richelieu, j'en étais sûre, était bourré de grandes Rosette. J'en étais folle, de Rosette, la bonne amie de Bouvy Zigan, un seigneur du rami que mon père traînait dans son sillage au parfum d'argent frais. Rosette n'avait pas le droit de monter chez nous, naturellement.

Lorsque mon père rentrait se changer, entre deux virées, elle attendait en bas, sur le trottoir, et je me précipitais sur mon tabouret du balcon pour boire avidement chaque détail de sa tenue vestimentaire que je notais ensuite sur un cahier, pour être bien certaine de ne rien oublier, plus tard, quand je serais assez grande pour ne plus m'habiller comme ma mère voulait. Rosette était le type même de la « beauté », selon Lucie. Grande, un peu grasse, son pétard, comme disait la bonne, explosait littéralement sous une haute ceinture de vernis noir. Tandis que sa poitrine — ses « obus » — éclatait au-dessus du carcan en un double cône extraordinairement pointu, étayé par la digue des chairs compressées, où venait mourir un double menton un peu fuyant. Son nez, très long, semblait vouloir se glisser entre ses lèvres lourdes. Elle se coiffait d'un chignon de type Attila, ses cheveux corbeau extrêmement tirés réunis en un Fujiyama de braise, piqué d'une double épingle d'écaille japonaise qui lui faisait deux ailes de papillon. Je n'avais que le temps d'étudier ensuite son maquillage, un franc liseré noir qui fonçait vers les tempes. Le plus époustouflant, je le gardais pour la fin, c'étaient les coutures des bas, et les chaussures, ah, les chaussures !, des escarpins à talons vertigineux. Elle se tordait de rire, sur le trottoir, m'adressant des signes d'amitié en balançant son réticule. Selon ma mère, Rosette était une putain : ah ! devenir une putain comme Rosette !

Depuis la mort de mon père, Bouvy Zigan, à court de liquidités, est devenu pompiste dans une station-service d'hypermarché. Lui et Rosette s'étaient quittés depuis longtemps, et Lucie avait fait s'effondrer mes illusions quand elle m'avait dit la voir passer souvent sur un vélo, très grosse, toujours surmontée de son chignon, maintenant argenté, en chaussures de tennis, depuis que ses talons s'étaient accrochés dans les pédales, en la flanquant par terre.

Au Richelieu, j'en étais sûre, il y avait encore des Zina

Trapani, une autre « belle femme », parisienne en plus de ça, actrice, venue tout exprès se produire dans notre ville, auréolée d'une gloire acquise dans les cabarets à chansonniers de la capitale, dont les affiches recouvraient nos murs.

La devanture n'avait pas changé, entre le magasin Jeunesse et les vêtements Moser. Le capiton de satin rouge qui l'aveuglait était toujours aussi frais, et le triangle de bois aussi mystérieusement opaque. Après que M. Robert eut frappé trois coups au heurtoir, en habitué, un portier en livrée grise à filets d'or vint nous ouvrir, quittant son air obséquieux pour se jeter dans les bras du taxi. Il était encore un peu tôt, pour le début du spectacle, ce qui expliquait l'absence de clients, mais tout était réservé, comme chaque soir. Nous attendions la placeuse, coincés entre le vestiaire et la porte des toilettes, sans rien voir de cette salle sombre d'où j'avais espéré entendre fuser des rires et des cris de bonheur, d'où j'attendais l'écho de la voix de mon père, vainement.

— M. Francis, est-ce qu'il est là ? Madame est journaliste, elle vient pour un article.

M. Francis, m'expliqua Robert dont la déclaration venait de jeter l'établissement dans une agitation frémissante, c'était l'un des frères Francis.

— Ah, et c'est qui, les frères Francis ?

— Les frères Francis ? C'est les frères Francis ! Ils tiennent tout, ici, hôtels, naillecubes, cabarets, attractions, fassefoudes, cafetarias de l'université. On dit ici, mais ça, si vous le mettez dans votre article, vous ne direz pas que c'est moi qui vous l'ai dit, qu'ils vont chercher dans les cafetarias des étudiantes qui en ont assez de faire les jeunes

96

filles au pair, pour les initier aux soirées des députés. On dit ça, hein, moi je ne sais pas si c'est vrai, et d'ailleurs, je ne vous ai rien dit !

Pauvre M. Robert, qui disait tant pour ne rien dire, en prenant des mines de conspirateur : comment lui avouer que, de cet article, personne ne verrait jamais la couleur ?

On nous installa à une minuscule table ronde, coincée en lisière d'une piste de liège, non moins exiguë.

Le détail qui me frappa, dont je me souviens aujourd'hui encore, c'est une odeur indéfinissable, un mélange de compartiment de train surchauffé et de désodorisant pour toilettes, relent de penderie mal aérée, vagues reliefs de parfums éventés et d'aisselles aigries.

C'était donc ça, le royaume de mon père, la seigneurie pour laquelle il désertait l'appartement... Ça : quelques guéridons assortis de chaises au dossier recouvert de Skaï rouge, des appliques doubles en fer forgé coiffées d'abat-jour cramoisis, les mêmes que ceux qui voilaient les ampoules de notre lustre en verroterie, un papier peint imitant le velours de Gênes, à grossiers ramages sang-de-bœuf, un synthétiseur à demi caché par une tenture de velours rubis à pompons dorés, et un long bar en volutes bordé d'une rampe de cuivre. Ce qui me gênait en particulier, c'était le sol recouvert de linoléum bordeaux, chiné, pareil à celui que nous avions eu un temps dans notre cuisine, avant de le faire remplacer par un carrelage, plus propre.

J'attendais les Rosette et les Zina Trapani. On nous envoya Agathe, pour marquer la sollicitude spéciale, les égards de l'établissement, « Agathe », glissa à l'oreille de M. Robert le portier en livrée à brandebourgs, « une débutante, pas encore abîmée, le meilleur genre ».

97

C'était une brunette effacée, gommée par les éclats de strass de son costume de travail — Agathe ne faisait que la salle —, un compromis balançant entre le traditionnel petit lapin, les deux oreilles et la houpette en peluche rose sur son derrière, et la boxeuse de charme : elle portait jusqu'à mi-cuisses des chaussettes rayées blanc et rouge, un short de satin noir, et une brassière de satin rouge percée de deux cercles à la hauteur supposée de la pointe de ses seins. Pauvre Agathe ! Elle tirait d'une main sur ses chaussettes, mal retenues par des jarretelles noires, de l'autre tendait l'inévitable seau à champagne, en forme de chapeau.

— Champagne ? La première bouteille vous sera offerte par la maison, puisque vous faites un article.

Elle avait l'accent du Midi, un nez trop retroussé — lorsque, plus tard, elle me ferait ses confidences, j'apprendrais que c'était un raté du chirurgien recommandé par la maison, le nez retroussé étant obligatoire pour le service —, des lèvres un peu minces qu'elle compensait à grand renfort de rouge.

Agathe ne m'intéressait pas. Nouvelle, comment aurait-elle pu connaître les soirées glorieuses du Richelieu ? Je laissai la conversation s'établir entre M. Robert et la fillette appliquée, qui remplissait nos coupes sans relâche, avant que nous n'ayons le temps de les reposer, ramenant son bras du verre au seau, du seau au verre, d'un geste mécanique.

M. Robert claquait des doigts, pour demander une autre coupe, une autre bouteille, celle de « sa tournée ».

— D'où venez-vous, Agathe ?

Elle était de Golfe-Juan, apportée jusqu'ici dans les

bagages de sa mère, une artiste, elle aussi, venue braver le froid et les pluies de l'Est dans l'espoir demeuré vain d'un collage avec son amoureux. Agathe avait dix-huit ans, presque dix-neuf, précisait-elle fièrement.

— Et ça vous plaît, ici?

Si ça lui plaisait! Engagée comme serveuse, elle caressait l'espoir de monter bientôt sur scène, grâce aux leçons de sa mère, qui lui apprenait chaque après-midi la lenteur des déshabillages, comment on enlève les gants, comment on saisit la chaise pour la retourner d'une pirouette, avant de s'asseoir contre le dossier en écartant les cuisses. Pour ça oui, ça lui plaisait. Ce qu'elle n'avait pas encore bien appris, c'était à faire semblant de boire, pour inciter le client à la gaieté. Elle avait encore du mal à vider sa coupe dans le seau sans se faire remarquer, si bien qu'elle finissait grise plus souvent qu'à son tour. Mais, il faut savoir ce qu'on veut dans la vie : avant de faire de la scène, elle devait prouver ses talents en salle, multiplier les bouteilles, battre chaque soir son record, arriver à égaler Ninette, la championne toutes catégories, blondes et brunes, espiègles et fatales, jeunettes et mûres, Ninette blanchie sous la boule miroitante du plafond, qui n'avait pas son pareil pour entraîner la clientèle, malgré son âge, et le fait qu'elle ne prenait pas de gants pour pousser à la consommation, pas même le temps de leur sourire, aux michetons. « Faut les mener à la baguette, c'est ça qu'ils veulent », disait Ninette pour éduquer les jeunes. Mais ça, selon Agathe, c'était plus facile à dire qu'à faire, il y a des choses qui ne s'apprennent pas. Ces choses-là, Ninette en connaissait les mystères.

— Pensez! Ça fait plus de vingt ans qu'elle est là! Et

jamais perdu la boussole, malgré ses coups dans le nez !
Elle vous en raconterait, elle ! Elle est en congé-maladie,
là. Chaque mois, elle manque ses trois jours. Elle dit que,
quand elle a ses affaires, elle ne s'en sent pas d'imbiber
le client, qu'il faut toujours être disponible, le corps en
état de service, qu'il faut toujours donner l'impression de
s'offrir, toujours faire croire qu'on a envie. Ça lui fait
comme des vacances, quoi. Elle devrait revenir demain.

Agathe comptait laborieusement sur ses doigts.

Je la voulais, Ninette. Je voulais sa mémoire, et ses histoires, et ses secrets. Savoir ce qu'avaient retenu les vingt
années de service d'un corps toujours prêt pour le client
généreux. Ensuite, j'ai bu, je crois, le champagne chaud,
bientôt sans bulles — du thé ? c'était l'un des subterfuges
employés derrière le bar, où l'on remplissait les bouteilles
de Veuve Cliquot à l'aide d'un entonnoir, quand les clients
étaient trop saouls pour faire la différence — qu'Agathe
partait chercher sur un claquement de doigts du chauffeur de taxi. Elle n'avait pas tardé à se plier aux pelotages
de M. Robert. Du spectacle, je ne me rappelle que la
musique, les battements sourds du synthétiseur, le sourire
étincelant d'or du chauve au clavier, et le large dos du
chauffeur de taxi, les oreilles de lapin roses de l'entraîneuse.

Roses, comme les panthères en peluche à chapeau de
gondolier que je vends parfois aux petits enfants, quand
les parents veulent se faire pardonner de les avoir entraî-
nés si loin de la place aux pigeons.

Ninette était du genre robuste.

Elle était arrivée drapée dans un boléro de fourrure imitation, malgré la chaleur. De longs cheveux blonds s'étalaient en vagues sur ses épaules de catcheur ; ses yeux porcins, deux fentes dans l'amas graisseux de ses joues, s'ourlaient d'une ombre violette ; sa bouche débordait d'un mauve nacré. J'ai eu bien du mal à me figurer l'ancien ovale d'un visage envahi de bajoues, gonflé aux pommettes, soufflé aux mentons. J'ai reconnu, tout de même, le nez maison, sa courte virgule outrageusement retroussée, les narines béant sous les yeux.

Ninette était incontestablement laide.

Le boléro découvrit la robette de jersey profondément décolletée, pour dévoiler des seins géants noyés dans un ventre mafflu. Le drapé retenu par un chou de satin ne parvenait pas à masquer l'absence de taille, ni les bourrelets monstrueux des hanches. Ses jambes, par un étrange phénomène de compensation, étaient d'une maigreur exceptionnelle encore accentuée par la finesse des talons.

Elle entra comme une reine, saluant de tous côtés, souriante, distribuant du bout des doigts câlins et mamours qu'elle feignait d'attraper de sa bouche arrondie en baisers, comme des bulles de savon.

Elle était gaie, Ninette. Ça se sentait dans toute la maison, un frémissement de bonheur, depuis la vestiaire jusqu'au portier, du barman à la serveuse, un soulagement de la savoir revenue, la certitude que tout serait comme avant, que les bouteilles allaient valser cul en l'air dans les seaux, que les coupes allaient s'entrechoquer dans la vigueur des saluts aux artistes, que Ninette allait entraîner son royaume dans le sillage de sa vulgarité épanouie.

— C'est vous la journaliste ? C'est vous qui voulez me voir ?

— C'est moi. Les nouvelles vont vite !

— C'est que j'ai mes espions, quand je ne suis pas là, ici je suis la reine.

Elle en rajoutait, Ninette, fière à l'idée qu'on parlerait d'elle dans le journal.

Je l'invitai à s'asseoir :

— Vous prenez un verre ?

— Et comment que je prends un verre ! Je suis là pour ça ! Agathe, champagne ! Allez, du nerf, petite ! Ça dort, ça dort !

Elle s'installa dans un petit fauteuil en Skaï rouge qui disparut sous ses chairs. Elle écarta les cuisses avec aisance :

» C'est à cause du plastique, ça colle !

Elle sortit de son sac argenté son tube de mauve pour se badigeonner le tour des lèvres :

» Alors, vous m'interrogez ? C'est que je travaille, moi. Je ne suis pas là pour papoter.

— Ça risque d'être long, vous savez. Si vous êtes d'accord, nous en aurons pour plus d'une fois. Je vou-

drais que vous me racontiez tout ce que vous savez sur
le Richelieu, depuis que vous êtes là, surtout sur le passé.
Je voudrais faire un article sur les années passées, voilà.

— Le passé ? Il n'y a pas de passé, ici. Il n'y a que des
soirées.

— Les soirées du passé, si vous préférez.

— Ah bon. C'est vous qui décidez, après tout. Mais ça
n'ira pas tout seul, le temps que je me souvienne, d'abord,
et puis les clients, on attend des cars, ce soir, un congrès.
Les filles, je les surveille, je leur donne des conseils, quoi,
l'expérience, faut bien que ça serve.

Pauvre Ninette ! Son gras, son ventre, ses bajoues, ses
jambes noueuses, elle appelait ça de l'expérience, pudiquement. J'ai avancé sur des œufs :

— Je suis née ici. J'ai toujours entendu dire qu'il n'y
avait rien de mieux que le Richelieu, des fêtes folles, le
maire et le député, la politique et la finance. Tout ça, je
dirais, un peu grâce à vous, non ?

— N'exagérons rien. Mais il y a du vrai, je dois reconnaître. Le maire, le député, oui... des gens de la mairie
en tout cas, des industriels, du beau monde, c'est vrai,
c'est vrai.

— Ce temps-là, vous le regrettez ?

— Regretter ? Moi ? Et d'abord, regretter quoi ?
Regardez-moi, je suis jeune comme avant, le tonus, la
flamme, j'ai le feu sacré : amuser les gens, les entendre
rire, j'adore ça, qu'est-ce que vous voulez, c'est ma nature,
je dirais ma vocation, on ne se refait pas. Des regrets, ah
non. Il faut que j'aille au turbin, maintenant, je reviendrai tout à l'heure, quand ils seront bien en main. Regardez donc le spectacle, et vous verrez qu'aujourd'hui, c'est

aussi bien qu'avant. Les regrets, je ne connais pas. Les regrets, c'est pour les vieux. A tout à l'heure, madame... madame comment déjà ?

Je lui déclinai mon identité, doucement.

— J'ai bien connu quelqu'un qui s'appelait comme vous. Un marrant, celui-là. Il est mort, je crois. A tout de suite.

Le spectacle démarra sur l'ouverture du rideau de velours, accompagnée des trois coups frappés par M. Georges, le portier en livrée. J'avais le nez sur la piste, sur le corps poudré de paillettes de la maigrichonne qui fit une entrée timide, sous les sifflets et les applaudissements des congressistes, représentants en matériel dentaire dont le forfait-séjour incluait le strip-tease du Richelieu. Insensibles à l'immense tristesse qui suintait de partout — mais l'aurais-je ressentie, sans le sac à mes pieds ? —, au regard apeuré de la striptiseuse du lever de rideau, au sourire méprisant des entraîneuses, au corps bouffi d'alcool de Ninette, au ridicule de la houppette rose collée aux fesses d'Agathe, au poids du plateau de la vendeuse de cigarettes, imperméables aux maigreurs enfantines dissimulées sous la poudre irisée, à la saillie des omoplates amplifiée par la lumière crue du projecteur, tels étaient les clients du Richelieu, rigolards, graveleux, cruels, ricanants, niais, stupides, grossiers, déterminés à s'en mettre plein la lampe, à en avoir pour leur argent, veste déjà défaite, cravate desserrée, tels ils étaient, ceux de ce soir-là, et ceux des autres soirs, et ceux des soirs d'avant, et des années d'avant, et mon père aussi, comme les autres, avait dû desserrer sa cravate, ouvrir les boutons de sa veste, rouler les manches de sa chemise, s'asseoir là, les jambes étalées, guettant un sein, un sexe dans l'entrebâillement du maillot trop lâche. Comme ceux-là, qui se sont esclaffés lorsque le « lever de rideau » s'est tordu la cheville en glissant sur le linoléum. Ninette n'a pas ri. Je la voyais verser froidement le contenu des coupes dans le seau à champagne, réclamer une autre bouteille, tandis que les représentants en matériel dentaire sifflaient entre leurs doigts, pour saluer la fille qui ramassait sagement sa cape de satin, son porte-jarretelles, ses bas et ses longs gants.

Pendant l'entracte, Ninette, envoyant Agathe la remplacer, vint s'affaler à côté de moi.

— Vous les avez entendus, ces cons ? Les cars, c'est quelque chose, c'est moi qui vous le dis. Ils croient en plus qu'ils vont partir avec les filles, au prix du forfait !

Elle parlait le souffle court. Pour un peu, on aurait pu croire que c'était elle qui venait de descendre de scène, qui s'était contorsionnée au rythme syncopé de l'orgue électronique.

» J'espère qu'elle ne s'est pas foulé le pied, elle repasse en tableau trois, vous allez voir, c'est très réussi, artistique, jolis éclairages, les deux jumelles, ça s'intitule. L'une déshabille l'autre, ça les fait rêver, ces cochons.

— Vous n'êtes pas tendre pour les clients, Ninette. On dirait qu'ils vous agacent. Pourtant, depuis le temps...

— Je vous l'ai dit, il n'y a pas de temps, ici, c'est une soirée après l'autre : ce soir on oublie hier, et demain on oublie ce soir. C'est comme ça que les années passent, mon chou, c'est comme ça qu'on prend du poids. Vous trouvez aussi, vous, que je devrais maigrir un peu ? C'est le patron qui me l'a balancé : vingt ans que je travaille au bouchon, et voilà la reconnaissance ! Enfin !...

— Ne soyez pas triste, Ninette. Vous êtes très bien comme ça, enveloppée, oui, mais ça vous va bien.

— Triste, moi? Vous rigolez! C'est la reprise, j'y retourne.

Et elle était repartie, louvoyant entre les guéridons, chaloupant entre les sièges, en battant son rappel :

» Champagne pour tout le monde! Et j'en vois un, table trois, qui n'a plus rien à boire! Alors, Gaby, tu te les roules? Va donc voir à la cinq si j'y suis!

Si Ninette retournait à son emploi pendant les tableaux du spectacle, c'était pour profiter plus commodément de l'intérêt que les clients portaient aux chairs dénudées sur la scène, vider sans se gêner les coupes dans le seau. Avec le temps — cela, elle ne me l'avoua que plus tard, — elle avait un peu perdu son ardeur, et la main, et il fallait bien ça, l'inattention des gogos, maintenant qu'elle ne parvenait plus, par la seule vertu de ses charmes, à capter leur regard pendant que sa main plongeait dans le seau. C'est comme ça qu'elle s'était mise à boire, parce que les hommes ne marchaient plus à ses manigances. Il fallait bien écluser, lamper, avaler, déglutir. Heureuse encore les fois où elle avait tant bu qu'elle sentait le vomi monter : c'était toujours autant de « carbure » économisé à son foie.

On n'échappa pas au french-cancan, ce soir-là, ni les soirs suivants. Solitaire, une noiraude s'escrimait à soulever ses lourds jupons, à lever la jambe au plafond, en poussant des youpi lugubres aux accents de la sono.

« Plus haut, la jambe! On voit rien! Allez, ma poule, fais-nous tout voir! »

Ninette revint dès le rideau refermé.

— Ouf! Elle a le cancan dans le sang, vous ne trouvez

pas ! Yougoslave, pourtant. » Et elle renifla bruyamment.
« Je crois que j'ai attrapé la crève.

— Pourquoi est-ce qu'il fait aussi froid, ici ?

— L'air conditionné, mon petit ! L'aération. Vous imaginez, sinon... On s'y fait, remarquez. La preuve, regardez-
moi : toujours la goutte au nez, toujours d'attaque. C'est
comme dans les avions, j'aurais fait hôtesse de l'air, c'était
pareil. Alors comme ça, vous êtes d'ici ? J'ai connu, comme
je vous disais, un marrant qui s'appelait comme vous. Et
bien connu, vous pouvez me croire. Ça serait pas un parent
à vous, des fois ?

— Non, je ne pense pas, non vraiment.

— Je disais ça comme ça, pour parler. Je vois bien que
vous n'avez pas le genre de la maison. Quoique l'habit
ne fait pas le moine, hein ? J'en ai vu passer, croyez-moi !

— Parlez-moi de cette époque-là.

— Minute ! Et le secret professionnel ! Vous imaginez
bien que nos bons clients ont toujours tenu à leurs petits
mystères. Les épouses, par exemple, vous croyez qu'elles
sont au courant ? Je crois bien n'en avoir jamais vu, en
vingt ans. Pourtant, il me semble en connaître certaines,
à force d'en avoir entendu parler. Pas des marrantes, dans
l'ensemble. Je les comprends, remarquez : quand on
devient épouse, ça n'est pas pour rigoler, sinon on reste
comme moi, libre de copiner comme on veut, avec les
hommes qu'on veut. Pas de quoi se vanter, mais des
hommes, j'en ai fréquenté, parole de Ninette. Et des élégants, des grands seigneurs, des dépensiers, des buveurs
de champagne, des hommes à cadeaux ! Pas des rapias,
comme maintenant. Tenez, regardez ma gourmette, avec
la tour Eiffel et l'Arc de Triomphe. Tout en or ! Joli, non ?

C'est justement celui qui s'appelait comme vous qui me l'a donnée.

J'ai reconnu la gourmette de ma mère, celle dont la disparition avait valu son renvoi à la laveuse de vitres qui venait une fois la semaine passer son chiffon paresseux. La journée avait marqué nos mémoires, à Lucie et à moi. Ma mère avait fouillé dans toutes nos affaires, chamboulant nos trésors, déchirant les cartes postales, souvenirs d'un fiancé mort pendant la débâcle, que Lucie conservait pieusement.

Ninette, orgueilleuse, faisait cliqueter les breloques sous mon nez.

» Vingt ans que je la porte. C'était mon préféré, je peux dire, mon chouchou. On a toutes son chéri, dans la vie. Moi, c'était lui. Ah ! C'est l'heure des deux jumelles. Je retourne au turbin. Mais je reviendrai. Attendez-moi. Ça me retourne, de vous parler de tout ça. Je me demande pourquoi.

Les deux jumelles ahanaient laborieusement leurs attouchements symétriques, dos contre dos, têtes jetées vers le sol, visages masqués par les pampilles de leurs bonnets en maille dorée. Derrière chacun des spectateurs, bouche ouverte, yeux écarquillés sur les quatre mamelons énormes, violet sombre, y avait-il un voleur de bracelet ? Chacun avait-il eu, aurait-il un jour sa Ninette, à qui offrir un bijou de deuxième main ? De mon père, je n'avais jamais rien possédé, je ne posséderais jamais rien que lui-même, un nom gravé sur une urne de cuivre rouge.

Si Ninette n'était pas revenue, peut-être serais-je partie, en ayant assez appris, écœurée de champagne tiède, de l'odeur glacée du déodorant pulsé par les bouches d'aération, honteuse de posséder le secret misérable d'un cadeau qu'elle arborait depuis vingt ans, si fière.

Mais elle est revenue.

— Ça m'amuse, votre truc. Raconter, ça me rajeunit. Vous devriez venir chez moi. J'ai des photos. L'après-midi, on serait plus tranquilles. Je ne vous dis pas que c'est un palais, mais c'est confortable. Je vous ferai une tasse de café. Ou du thé.

Éméchée, elle me bourrait les flancs de coups de son gros coude, avec des clins d'œil appuyés :

» Vous devez boire du thé, vous ! La jeunesse, faut pas la noyer dans le thé, ma petite ! Question bon temps, vous ne savez sûrement pas vous y prendre. Je vous ai regardée, pendant le spectacle, un de ces airs sévères ! Un de ces airs ne-me-touchez-pas-ou-je-mords ! J'apprécie le sérieux, ça fait convenable. Je n'ai jamais su le faire. Ça m'aurait pourtant plu, pas tout le temps, mais parfois ça m'aurait rendu des services. Parce qu'avec moi, les hommes, ils n'ont toujours pensé qu'à s'amuser, même quand j'aurais eu envie de mettre les pouces, une sourdine, un peu de violon, quoi. On ne se refait pas.

C'est cette nuit-là, aussi, que j'ai trouvé en rentrant Lucie et la petite Barthélémy, couchées dans le même lit, enlacées, un roquet contre une vieille mule, soupirant leur sommeil profond.

Chez Ninette, ça sentait fort la cocotte, un mélange de poudre de riz et de parfum à la violette. Seules les fleurs ne sentaient rien, d'énormes bouquets en tissu, multicolores et gais, disséminés un peu partout, sur la table basse Louis XIII, sur le poste de télévision, sur le buffet bas où s'alignaient un service à liqueurs, un service à café de porcelaine, et un service à thé que je soupçonnais acheté pour l'occasion, fin prêt, avec les sachets dans les tasses et la pince dressée dans le sucrier. Les murs disparaissaient littéralement sous une accumulation de cartes postales épinglées, de portraits dédicacés par des chansonniers hors d'âge, qui étaient venus, au cours des années, entourer les lithographies, paysages de Méditerranée, femmes nues, Moulin Rouge, et la photo géante d'un caniche frisotté dans un cadre doré.

— C'est mon nid, ici. Pas un grain de poussière! Allez-y, passez le doigt, passez! J'aime ça, moi, le ménage, ça me défoule.

— C'est très joli! Bravo, félicitations! Ça fait longtemps que vous habitez là?

— Depuis que je gagne ma vie, c'est dire! Maintenant je suis propriétaire. Parce que les cadeaux, c'est bien gentil, mais moi, j'en ai mis à gauche, jamais perdu le nord, pas folle, Ninette! Quoi, c'est comme les femmes mariées... Au lieu que ce soit un seul qui ait tout payé, ils se sont mis à plusieurs, c'est tout. Sans le savoir, mais qu'est-ce que ça peut faire? Donné, c'est donné, non? Je le leur dis, aux petites, économisez, pensez à vos vieux jours! Mais elles ne veulent rien savoir: tout dans les habits. M'écoutent pas. Pourtant, c'est dans les vieux pots... Vous boirez bien une tasse de thé?

Ninette avait pris une voix fruitée, l'idée qu'elle se faisait de la mondanité, le résultat, sans doute, de nombreux essais devant son miroir.

— Très volontiers! Avec du citron, s'il vous plaît. Je peux visiter?

— Faites donc! Vous êtes chez vous!

Ninette avait de la visite, Ninette recevait, Ninette donnait un thé, énervée, courant de-ci, de-là, à la recherche des serviettes brodées, du paquet de biscuits dentelle, de l'assiette à gâteaux.

Malgré l'acharnement que je mettais à traquer tous ses ridicules, à faire un compte mesquin des fautes de goût flamboyantes de la propriétaire, malgré le bracelet aux breloques qui cliquetait à son bras, je ne parvenais pas à la trouver vulgaire. Malgré mes efforts, oui, je crois me souvenir que je l'ai aimée tout de suite, oui, malgré mes efforts pour la détester, pour la vomir, elle et son univers d'entraîneuse sur le retour, de tapineuse laissée pour compte, elle et ses semblables pour qui mon père m'avait négligée sans l'ombre d'une hésitation.

Je dis ça aujourd'hui, au fond de ma boutique, avec le poids des souvenirs triés sur le volet, aussi fragiles que les gondoles de verre alignées sur mon comptoir, ombres enfuies depuis longtemps, si je ne les avais vivifiées de grands mots : aimer, vulgaire, détester, vomir, dont la substance ne cesse de m'échapper.

Aimée tout de suite ? Certainement non. Mais, à mon corps défendant, je ne sentais rien venir de la colère que j'attendais, au spectacle désolant des ex-voto d'une lamentable carrière d'amoureuse : coussinets de satin mauve en forme de cœur volantés, jonchant un lit à la tête capitonnée du même velours pelucheux cramoisi qu'au Richelieu, un restant du métrage dont avait dû bénéficier l'employée la plus ancienne de l'établissement ; dans la ruelle du lit, tel un berceau, un bidet-cuvette, mobile sur son trépied de chrome, donnait à imaginer les toilettes si hâtives qu'il avait même semblé superflu de cacher l'instrument ; et partout, Ninette, figée dans ce sourire denteux, d'année en année plus enfoui sous les bajoues molles et poudrées ; Ninette avec le caniche frisotté, Ninette en culotte et soutien-gorge au bord d'une piscine, prête à sauter, Ninette vautrée dans une automobile décapotable — et je reconnus notre cabriolet Salmson bleu marine, celui où je n'étais jamais montée —, Ninette avec ses compagnes. J'avais du mal à faire le lien entre cette jeune fille déjà démodée, la taille outrageusement serrée dans une large sangle élastique, la paupière ponctuée d'une piquante virgule noire, balançant son sac-seau au milieu du groupe (toutes les filles sont frisottées et tiennent du bout de l'index la bride d'une coquine minaudière), à trouver la jointure entre cet ex-bonbon acidulé et la grosse dame qui virevoltait dans son « living », armée d'une pelle à tarte pour découper le gâteau fait maison, en mon honneur.

— Ça vous plaît ?

Pudiquement, Ninette reportait sur le décor, entièrement voué à la célébration de ses années de bon temps, une question que je devinais plus intime.

— Vous étiez déjà très belle, Ninette, comme aujourd'hui. Je dois dire que vous n'avez guère changé.

— Hein ! C'est ce qu'on me dit toujours. Il n'y a que le patron, pour trouver que j'ai grossi, que j'ai vieilli. Oh ! mais je le vois venir, avec ses sabots, il veut me caser au Récamier, aussi sûr que deux et deux... Le Récamier, ça n'est pas exactement le dessus du panier. C'est vrai que les copines, là, celles de la photo, elles y sont toutes passées, quand elles n'ont pas été purement et simplement remerciées, avec un pot d'adieu pour adoucir. Moi, de leur pitié, je n'en veux pas ! Je m'en irai les pieds

112

devant, et puis c'est tout ! Le Richelieu, c'est ma vie, vous comprenez, c'est ma famille, même les clients de passage.

— Elle était à vous, la voiture bleue, là ?

— C'est drôle, on revient toujours à lui, elle était à celui qui m'a donné le bracelet. On faisait des petites virées, le dimanche, à la campagne. Remarquez, l'auto, elle était plus jolie à regarder que sur la route : on l'a poussée plus d'une fois. Celui-là, alors, quel numéro ! Il faisait tout en cachette de sa femme, je ne parle pas de moi, ça c'est normal, personne ne se vantait d'une histoire avec moi, pensez !, je parle des automobiles, des voyages, des sports d'hiver. C'était plus fort que lui, quand il était quelque part, il disait qu'il était ailleurs, pour rien, comme ça, pour le plaisir. Je n'ai jamais su combien il avait de gosses, mais il en avait, c'est sûr, je lui ai demandé un soir de Noël, un soir où il traînait chez nous. C'est pas ordinaire, tout de même, les hommes mariés qui viennent à Noël. Remarquez, que j'ai toujours eu comme règle de ne pas poser de questions : la vie des clients, ça n'est pas mon affaire. Mais lui, c'était autre chose, je le connaissais bien, depuis longtemps, et il s'était fait du souci pour ma soirée, « Alors, Ninette, tu es seule pour le réveillon ? », qu'il m'avait demandé. « Tout pareil comme toi, puisque tu es là », que j'avais répondu. « Tu n'as pas de gosses, pour traîner comme ça ? » « Si, si, j'en ai. » Je n'avais pas insisté, tout en trouvant ça pas correct, pour un homme comme lui, toujours à cheval sur la politesse. « Tu leur as fait des cadeaux, au moins ? » Il n'a rien répondu, ce qui veut dire non, en général, quand on a honte d'avouer, alors je lui ai proposé d'aller en acheter, ce que j'ai fait, pour la tradition. Tout de même, aujourd'hui que vous m'y faites repenser, je me demande ce qu'elle lui faisait supporter, sa femme, pour le faire fuir à ce point. Et il y en a eu d'autres, des Noëls ! Et des voyages inventés. Il disait qu'il partait, pour ses affaires, et total il m'invitait à passer quinze jours à l'hôtel, sans vouloir sortir. Il fallait que je l'aime bien, pour accepter, parce que les hôtels, c'était plutôt le Terminus derrière la gare que le Sofitel. Si vous voulez mon avis, il s'est laissé glisser dans la débine, en douce, sans réagir. J'en vois beaucoup, des hommes de cette sorte, habitués à ne rien faire, la paresse, quoi. Tenez, j'en avais un autre...

— Non, pas l'autre. Parlez-moi du premier, vous semblez l'avoir si bien connu !

— Bon, comme vous voulez. Mais on va rentrer dans le sentiment personnel, ça n'a plus tellement à voir avec le Richelieu, avec votre article.

— Plus que vous ne pensez. Continuez, s'il vous plaît ! A quoi avez-vous remarqué qu'il se laissait aller ?

— Des détails... Après le bracelet, il m'a offert une fourrure, enfin, des peaux, que je lui avais demandées, pour me faire tailler un sur-mesure chez l'artisan. Il a payé sans regarder la note. Bien plus tard, il était arrivé avec un tour de cou en renard, comme c'était la mode, vous ne pouvez pas vous souvenir, deux renards avec les museaux pointus qui se rejoignaient sur la poitrine et des yeux de jais. C'était très joli, très gentil, mais j'ai bien vu que ça avait déjà été porté, de la seconde main.

Il ne pouvait s'agir que des renards de ma grand-mère Mina, ceux que je me suspendais au cou le jeudi, lorsqu'elle me gardait. On avait porté leur disparition au débit d'un

114

déménagement, en même temps que d'autres babioles, petites cuillères et timbales de baptême.

Ninette prenait son temps, en tirant sur sa cigarette américaine.

— En fin de compte, c'était votre amoureux, cet homme ?

— Oh non ! Vous voulez rire ! On passait le temps, c'est tout. Il me reposait. Avec lui, je pouvais me laisser aller, en peignoir, en chaussons. Il nous connaissait bien, toutes, et moi depuis plus longtemps, voilà. Je crois que je l'ai rencontré le jour même de son mariage. C'était la première fois qu'il venait, et il a dit : « Je me suis marié ce matin. » Comme il riait — il riait toujours, notez — je ne l'ai pas cru. Mais aujourd'hui, ça me paraît tout à fait possible. C'était le genre à ne rien respecter.

— Et au Richelieu, il était comment, au Richelieu ?

— Tout dépend de quand vous voulez savoir. Au début, c'était lui le maître. D'abord il était beau. Les filles, il en faisait ce qu'il voulait, et gratuitement, encore. Elles l'auraient suivi au bout du monde, pour rien. Ça ne l'empêchait pas de les traiter comme des chiens, un jour je t'embrasse, le lendemain je ne te connais pas. Il amenait des filles du dehors, pour des fêtes, des dîners. Il invitait tous les clients, même les passages. On l'a pris pour un vrai riche, si bien qu'on lui a fait crédit, prêté des sous, on se battait pour ça, pour avoir le privilège. Ça s'est assez vite déglingué : il n'a pas rendu, pas payé, sinon avec des sourires et des moqueries, en nous traitant de radines et de rapias, l'une après l'autre, dans le secret des loges et des coulisses. On a mis du temps à s'en apercevoir, car chacune croyait être la seule, et on ne voulait pas l'humiliation publique de raconter qu'on s'était fait avoir. Avec le temps, il est rentré dans le rang des clients, s'asseyant où on lui disait, sans rouspéter, buvant ce qu'il avait les moyens de payer, pas plus. Ce qui le sauvait, c'est qu'il nous faisait rire, toutes, sans exception, et les patrons avec. Je crois que c'était sa drogue, les rigolades des autres, son spectacle à lui. Puis, les années passant, vous savez ce que c'est, il est devenu moins beau, plus lourd, poches sous les yeux, teint gris, mal rasé, moins soigné. Je crois que sa femme avait fini par ficher le camp. Les hommes, ils ont beau dire, ils n'aiment pas tellement être seuls. Il s'est fait plus petit, plus humble, quoi. Il gênait les filles, devenait collant avec ses blagues, toujours les mêmes, qui ne faisaient plus rire personne et surtout pas les clients qui auraient souhaité leur tranquillité pour tenter leur chance auprès des serveuses. Il cassait l'ambiance, se mêlait des conversations, pour se faire offrir un coup à boire ici ou là. Mais enfin, on l'aimait toujours bien, une sorte de mascotte, quoi. Il nous ramenait chez nous dans sa Déesse 19, il n'était plus question de voitures de sport depuis belle lurette. Il faisait le taxi, genre. Comme par hasard, il n'avait plus d'essence, pas de monnaie, on lui refaisait son plein, en faisant semblant de rien, contre des petits services à la maison, transport de meubles, étagères à monter. On a toujours besoin de quelqu'un comme lui. Il était toujours là quand une fille se sentait du vague à l'âme, moi, par exemple — avec ma sensibilité, j'en aurais presque les larmes —, j'avais comme tout le monde mes coups de cafard, il s'en rendait compte, m'emmenait boire un café, restait dormir à la maison, me faisait croire que j'étais la plus belle et la plus désirable. On a toutes besoin de

116

réconfort, dans l'existence, et il savait le donner, pour la nuit. Je le sais bien, allez, que j'ai pris des kilos, surtout avec les patrons qui me le serinent, et ça fait déjà un bail que je les traîne, les bourrelets, mais avec lui, je ne les sentais plus, je redevenais comme il disait, belle et désirable, entre ses mains. Voilà, je vous ai tout dit.

Ninette pleurait doucement sur sa part de gâteau. Et moi, je crois bien que je n'en menais pas très large, en mâchouillant ma tarte aux pommes.

» Vous savez ce que je pense ? Que c'est pour lui que vous êtes venue. Vous croyez que je ne l'ai pas vue, la ressemblance, dès que vous avez levé les yeux, hier soir ? Je suis ce que je suis, un vieux cheval de bastringue, si on tient à être lucide, pas une lumière, ni une grande dame, mais je vois ce que je vois, et je comprends ce qu'il y a à comprendre. Alors, allez-y, dites-moi pourquoi vous êtes là, à écouter mes radotages.

Je n'ai pas répondu. J'ai simplement dit que je reviendrais, j'ai remercié pour le thé, pour les gâteaux, et j'ai fermé la porte sur Ninette et ses larmes amères, sur le bracelet à breloques, sur les renards de Mina.

Je pris bientôt l'habitude de retrouver en rentrant Lucie et la petite Barthélémy, enlacées à dormir, enlacées à manger, enlacées devant le poste de télévision, dont la petite suivait fascinée les images bleutées dans la nuit. Pendant que Lucie regardait les jeux — elle n'en manquait pas un, participait fictivement à toutes les épreuves où le présentateur faisait miroiter des lots domestiques de pacotille —, en devinant laborieusement les lettres manquantes à épeler, les réponses aux questions historiques, les justes prix à trouver, la petite Barthélémy en profitait pour lui glisser les doigts dans la bouche, dans le nez, dans les oreilles, enchantée de cette molle docilité.

— Tu entends, Barté ! Si j'avais joué pour de vrai, on aurait gagné un four à micro-ondes ! Là, Barté, regarde comme c'est moderne !

J'avais cru comprendre que Barté et Lucie passaient leur temps de veille devant le poste, sous prétexte d'occuper la petite, en réalité pour satisfaire enfin à la boulimie de culture et d'information de la bonne, qui s'ouvrait sur le monde avec autant de ravissement que la petite Barthélémy, moyennant quelques caresses qui faisaient taire ses ronchonnements gutturaux.

Lucie, insensiblement, renonçait aux tâches du ménage et aux soins de la petite, se laissait gagner par son doux abrutissement, se fondait dans la contagion d'une hébétude amorphe.

La maison, petit à petit, se remplissait de pots de yaourt vides, de bouteilles de lait poisseuses, de boîtes de raviolis entamées, de paquets de gâteaux secs aux coins grignotés. Pour pallier les pipis intempestifs et continuels de la petite Barthélémy, nous avions fait livrer du supermarché, avec d'autres denrées de première nécessité, des cartons de couches-culottes qui réglèrent, une fois pour toutes, la question, à condition de fermer les yeux et les narines sur les poubelles débordant de coton humide, que Lucie ne prenait plus la peine de sortir.

Nous attendions.

Parfois, j'emmenais Lucie et la petite Barthélémy au parc, pour les aérer, les faire marcher le long des grilles du zoo. J'avais peur qu'elles finissent par oublier complètement les rues et les gens, confinées dans les bras l'une de l'autre. Pendant que nous tournions en rond autour de l'enclos aux singes, le taxi de M. Robert nous attendait au bout de l'allée goudronnée. Il s'était habitué à nous, à nos équipées solitaires et muettes dans les brassées de feuilles rousses. La petite Barthélémy avait fini par apprendre à pulvériser elle-même le déodorant dans l'auto pour chasser sa mauvaise odeur. Durant tout le temps du trajet, elle nous aspergeait du parfum « fraîcheur des champs », docile et fière. « C'est fou ce qu'elle pue, cette petite », bougonnait M. Robert, désolé. « Vous ne la lavez donc jamais ? La vieille aussi, elle cocotte. Vous devriez les plonger dans un bain, si vous voulez mon avis. Si c'est trop lourd pour vous, je pourrais vous donner un coup de main. Ça n'est plus possible, dans ces conditions. »

Mais je ne voulais pas qu'il voie l'état de la maison. Puis il a commencé à pleuvoir, et j'ai cessé de les sortir.

Chaque soir, je retournais au Richelieu. Moi aussi, je commençais à faire partie des meubles. Jusqu'au début du spectacle, je restais dans les coulisses, attendant un signe des filles pour les envelopper d'un voile de poudre dorée, redresser une oreille de lapin, leur tendre canne et chapeau claque.

Ninette m'avait prise sous son aile. Depuis ce premier après-midi, elle ne m'avait plus jamais posé de question. Elle me couvait, me dorlotait, m'appelait son chou. Je passais de longues heures chez elle, près de son lit, dont elle sortait le plus tard possible. Jour après jour, elle me dévoilait ses petites misères, renonçant devant moi à la comédie de sa jeunesse.

— Tu comprends, mon chou, plus tard je me lève, plus tard j'ai les jambes qui enflent. Tu les vois, les veines, là ? » Elle suivait du doigt le tracé bleu, sur sa cuisse pâle. « Il faudrait que je les fasse piquer, qu'est-ce que tu en penses ? Tu ne vois pas que j'attrape des varices ! C'est pour le coup que le patron me virerait ! Et qu'est-ce que je deviendrais, alors ? Ça n'est pas moi qui pourrais travailler dans les livres. Vois-tu, mon chou, tu es tranquille, toi, tu turbines avec ta cervelle. Moi, c'est le corps, mon gagne-pain. Je le bichonne. Passe-moi donc la crème, là.

J'avais pris l'habitude de lui masser les jambes avec un onguent camphré et froid qui empestait le médicament.

J'appris aussi à lui enduire la racine des cheveux de déco-
lorant, au pinceau. Je savais mélanger l'eau oxygénée et
le fixateur, les doses exactes pour obtenir la nuance plati-
née dont elle raffolait.

Nous nous confectionnions des masques à base de jaune
d'œuf et d'huile d'olive, pour nourrir la peau, et nous passions des après-midi silencieux, figées sous les craquelures.

— Jamais ça devant un homme, mon chou. Jamais!
Nickel! Il faut les faire rêver, c'est le secret si tu veux les
garder longtemps.

Je n'osais pas lui faire remarquer qu'elle n'avait su garder personne. Peut-être n'avait-elle rencontré que d'éter-
nels fuyards. Un de ces après-midi sans fin, tandis que
nous regardions frapper la pluie au carreau dans l'odeur
âcre du liniment, elle décida de me farder.

— Dis donc, mon chou, tu ne t'es jamais maquillée?
Avec ces yeux-là, cette bouche, une bouche exceptionnelle,
si, crois-moi, une gourmandise à donner des idées, tu pourrais faire des ravages. Laisse-moi essayer. Tu sais ce qui
serait marrant? Je t'arrangerais à mon goût, et tu te lan-
cerais en salle, ce soir. Ça t'ouvrirait des horizons, tu pourrais lever qui tu veux, garanti! Je serais ton imprésario.
T'inquiète pas pour les tarifs.

— Vous croyez?

— Si je crois! Ton défaut, c'est qu'on ne te voit pas.
On dirait que tu le fais exprès. Tu es trop bégueule, voilà.
Ça fait peur aux garçons, ça. Tu comprends? Tu es comme
un hamburger sans ketchup, une saucisse sans moutarde,
une fraise sans Chantilly. Excuse la comparaison, mais
c'est le régime, je ne pense qu'au manger.

Ninette avait sauté du lit avec une grâce surprenante pour

son poids, enfilé un peignoir bouillonné de cygne, les doigts déjà pleins de crayons, de tubes, de houppettes.

Tout en m'entourant le col d'une serviette, en me tapotant les joues d'antirides, elle avait murmuré :

» Qu'est-ce qu'elle t'a donc appris, ta mère ? Mon pauvre chou, tu n'as pas toujours dû t'amuser, avec elle.

— Qu'est-ce qui te fait croire ça ? Hein, qu'est-ce que tu en sais ?

— Je dis des bêtises, pour parler. Mais, faut me comprendre, à te voir, toujours si sérieuse.

— Est-ce que tu l'as connue, Ninette, ma mère ? Est-ce qu'il t'en a parlé ? Est-ce qu'il te l'a dit, ce qui n'allait pas entre eux, pourquoi il venait chez toi tous les soirs, pourquoi il t'emmenait à l'hôtel ? Dis, est-ce que tu le sais ?

— Mais qui, il ? De qui parles-tu ?

— Je t'en prie, ne fais pas l'idiote ! Tu as très bien compris, depuis le début. Dis-moi, pourquoi est-ce qu'il te préférait ?

— La vie des gens est si compliquée, mon chou ! Personne n'a tort ni raison, dans ces affaires-là. Il devait avoir ses excuses et elle avait les siennes, sûrement. Tout ce que je peux dire, c'est qu'ils se sont démolis l'un l'autre. Ça arrive, c'est malheureux, mais ça arrive.

— Est-ce qu'il t'en a parlé ? Dis, Ninette.

— Un peu. Parfois. Pas grand-chose. Le plus drôle, c'est que je crois qu'il l'aimait, qu'il vous aimait. Mais il était comme tous les hommes, il avait peur. Tous les hommes ont peur, Claude, retiens bien ça.

— Mais peur de quoi ?

— Qu'est-ce que j'en sais ! Elle était trop convenable, trop parfaite, avec des yeux qui jugent. Je l'ai vu sur une photo qu'il m'avait montrée, une photo quand ils étaient jeunes. Avec le recul, j'aurais déjà pu prédire leur avenir, à ces deux-là. Elle, serrée des chevilles au menton, pas de sourire, une barre entre les sourcils. Et lui, un feu dans le regard, des fossettes, comme les tiennes, tiens, une tête faite pour le rire, je ne peux pas dire autrement, l'air de ne pas croire à l'important des choses. Maintenant, pourquoi, ça, tu m'en demandes trop. Il faudrait aller chercher encore plus en arrière, examiner leurs parents, et les parents de leurs parents, pour savoir pourquoi lui était fait pour le plaisir et elle pour la douleur. Évidemment, ils auraient pu s'en rendre compte plus tôt. Mais, quand on est jeune... Tu sais comment ça commence, les amourettes. Elle a dû croire qu'il lui donnerait son rire, il a dû penser qu'elle saurait lui mettre du plomb dans le crâne, un genre de transfusion. C'est le contraire qui s'est passé, elle a voulu l'attirer dans la tristesse, quand elle s'est aperçue qu'elle n'apprendrait jamais la gaieté. C'est comme ça que je le sens, ça vaut ce que ça vaut, je n'ai pas d'autre explication. Et puis, dans les couples, il y a aussi les choses de la nuit, les choses des draps, du lit...

— Et alors ? Il t'en a parlé, des choses du lit ? A toi, il t'en parlait ?

— Elle se refusait. Elle tombait malade. Ça la faisait vomir, vomir pour de bon, comme quelqu'un qui attrape du mal.

— C'est gai !

— Non, justement, ça n'est pas gai. Il avait l'impression de l'empoisonner, de la tuer avec son corps à lui, comme s'il portait la mort. Ça épouvante, ça, quand on est un homme. Faut le comprendre, Claude. Il est allé voir ailleurs si ça leur faisait à toutes le même effet. Ensuite, elle est tombée malade pour de bon, ça n'est pas à toi que je vais apprendre ça. Comme si, rien qu'à le voir, ça la faisait se sentir mal. Reconnais qu'il y a de quoi s'enfuir, dans ces conditions.

— Mais moi, je ne lui avais rien fait, moi.

— Je sais bien, mon pauvre chou. Mais, peut-être qu'il te voyait comme ta mère en plus petit, peut-être qu'on t'avait appris à le regarder aussi avec des yeux de reproche, qu'il avait peur de te voir te mettre à vomir aussi. Toujours la peur, Claude, la trouille de mal faire.

— J'aurais pourtant tellement voulu qu'il m'emmène, autrefois. Tiens, Ninette, l'auto bleue, la décapotable où tu es assise, j'aurais tellement voulu m'y asseoir, moi aussi, sentir le vent sur ma figure, écouter les grondements du moteur, faire corner l'avertisseur, nettoyer les rayons des roues, j'aurais tant aimé tout ça !

— Mais, tu étais trop petite.

— On n'est jamais trop petit pour s'asseoir dans une auto comme ça, c'est un jouet pour les enfants, de la fantaisie à roulettes. Oh, puis, arrête de me peinturlurer, tu m'agaces !

— Laisse-toi faire, ma choupinette. Il est toujours temps d'apprendre. Fais-moi plaisir, ce sera comme si je me revoyais, en plus jeune. Ne te fâche pas. Je le sais bien, que je n'ai jamais été comme toi, je suis bien trop vulgaire, c'est ce que tu penses. Claude, c'est bon d'être vulgaire, parfois. Tu verras !

— Encore une chose, Ninette. Est-ce qu'au moins, il s'amusait avec vous, avec toi ? Est-ce que ça a valu la peine, au moins, tout ce gâchis ? Parce que, puisque tu mets le sujet sur le tapis, oui, tu es vulgaire, et le Richelieu aussi, et Agathe, et les clients, donc! Tu les a vus, les clients?

— On m'y reprendra à me laisser aller! Attention, Claude, tu es comme ta mère, on dirait, le jugement à la bouche et la dureté aux yeux. Moche, quoi. Et ça, ça n'est pas le maquillage qui pourra le cacher. Si on ne s'amuse pas, on peut au moins faire semblant, non? Tu ne trouves pas que c'est mieux que de tirer une tête d'enterrement, crachant sur tout et sur tout le monde? Il est temps que tu apprennes la vie, ma cocotte. Je suis vulgaire, certes, mais ça, je le sais.

— Excuse-moi. J'ai eu tort.

— Allez donc vous faire du thé, chochotte, hop, à la cuisine, et ramène-moi une lampée de porto, allez! Regarde-moi ça! Pleurer! C'est malin, faut que je recommence tout à zéro, maintenant. Ensuite, leçon numéro un : service en salle. Tu vas voir que tu vas finir par t'égayer! Non mais, cette blague.

Je fus, ce soir-là, une serveuse appliquée et lamentable. Malgré mes résolutions, je ne parvins pas à vider dans le seau les coupes de champagne que Ninette m'avait appris à remplir jusqu'à ce qu'elles débordent : c'était toujours ça de gagné.

— Eh bien oui, avec le temps, on arrive à faire couler sur les bords jusqu'à des demi-bouteilles. C'est un vrai métier, entraîneuse, avec de la technique, du talent, ma choutte. Il faut faire croire au client que c'est un plaisir, une balade de santé, un vrai bonheur, de boire et de faire boire!

— Et ça n'est jamais le cas?

— Tu veux rigoler ! Boulot-boulot ! Le sérieux dans le sourire ! Tu vas voir que ça va te passer, de faire ta mijaurée, tu vas les sentir coller, les mains sur les cuisses — montre tes cuisses, faut virer le collant ! — les baisers dans le cou, la cigarette dans le nez ! Et puis, quand ils t'inviteront dans le parking, parce qu'une fois bien bourrés, ils y viennent toujours, à l'idée des banquettes de la voiture, il faudra savoir refuser, et gentiment ! Le secret, tu veux le connaître, le secret ? Il faut transformer le minable en poète, s'esclaffer au moindre mot, faire du gogo un boute-en-train, de l'employé un prince, de la nouba un film d'amour. C'est ça le secret du bonheur, au Richelieu : ils sont tous des Clark Gable, on est toutes des Marilyn.

En fait de Clark Gable, je tombai sur un marchand de stylos poitevin, un maigrichon complexé par sa petitesse, juché sur les talons de demi-bottes vernies. Agathe vint me tirer de là, en s'asseyant sur mes genoux.

— Il est pas mignon, le monsieur ? Oh oui, qu'il est mignon, et il a soif en plus de ça, le monsieur, hein qu'il a soif ? C'est comment notre petit nom ? C'est d'où que nous venons ?

Roland, d'Angoulême, semblait très soulagé. Il sortit de son cartable un gros paquet de popcorn, qu'il offrit à la cantonade, en y plongeant les mains. Il fit de même avec des stylos-bille, dont il me vanta longuement les qualités.

— Voyez, c'est rechargeable. On dévisse, là, je remplace, et c'est reparti. Qu'est-ce que vous en pensez, c'est bien, non ?

— Formidable.

— Vous ne croyez pas si bien dire : j'en vends, j'en vends, tenez, devinez combien j'en vends par an.

— Mais je ne sais pas, je ne connais pas ce... les stylos, moi... Non, vraiment, je ne sais pas.

— Huit millions par an, vous avez bien entendu, huit millions. Vous n'auriez pas cru, avouez.

— Non, je dois dire... En effet, c'est...

— Ça n'a pas l'air de vous passionner, les stylos, dites donc !

— Mais si !

— Ah bon, j'aime mieux ça. D'habitude, dans les autres villes, les autres filles, celles de votre genre, que je vois le soir après le travail, je veux dire, ça les intéresse. C'est bien ma chance, ils m'ont refilé une gourde ! A Roland ! Qui c'est qui le paie, le champagne, faudrait quand même pas l'oublier !

— Vous voulez une autre fille ?

— Non, ça ira, si vous faites un petit effort. On ne va pas se fâcher, hein, on n'est pas là pour ça.

— C'est vous qui vous fâchez.

— Avouez qu'il y aurait de quoi. Je vais vous faire une confidence : vous me rappelez ma femme. Elle aussi, elle s'en fiche, de mes stylos, et si vous croyez que c'est drôle, de rentrer chez soi pour se faire mettre en boîte, devant ses gosses !

— Ça n'est pas mon vrai métier.

— Je l'aurais parié ! C'est bien ce que je pensais, on a voulu m'entuber. Je ne voudrais pas vous causer d'histoires, mais il vaut mieux qu'on change, dans ces conditions. J'en veux une vraie, vous comprenez ?

— Oui, je comprends.

En catastrophe, on me remplaça par la jeune Lila, qu'on était allé extirper des toilettes, où elle fourbissait l'art d'extirper des pourboires aux plus récalcitrants. Ça tombait bien : elle trouvait un peu court l'horizon en céramique, le partage du monde en côté dames et côté messieurs. J'acceptai avec soulagement de prendre sa place derrière la soucoupe, à regarder défiler les clients, bercée par le chuintement lénifiant des chasses.

C'est là que j'étais le mieux. Il fallait me rendre à cette évidence : je n'étais pas douée pour les amusements du Richelieu, j'étais du côté de ma mère, revêche, sombre et mal baisée. Je n'avais pas une tête à me faire proposer des escapades dans les parkings, M. Murat avait raison. Depuis trop longtemps, j'étais du mauvais côté de la vie, celui où on s'embête tellement qu'on finit par embêter les autres. Non, vraiment, je ne pouvais en vouloir à mon père d'avoir autrefois préféré l'aisance d'une Ninette à la figure contrite de ma mère, à son duplicata en petit, moi, future emmerdeuse, ça commence tôt ces affaires-là, Chantal Wolarski avait vu juste : dans les bars, je ne suis bonne qu'à garder les cabinets. Pauvre papa, condamné à vivre son au-delà à mes côtés. Par souci des convenances, je l'ai posé devant l'entrée des gentlemen.

3

Danger public

Ninette était virée.

— Licenciée ! Tu te rends compte, il m'a licenciée ! Est-ce que c'est seulement croyable !

C'était tout à fait croyable, parfaitement normal, un peu tardif, même, si l'on considérait les faits, que Ninette était venue me raconter en bégayant, dans le flot continu et incohérent de ceux qui n'ont pas leur certificat, incapables de construire un récit chronologique, en trois points n'en parlons pas, tout juste assujettis à l'ordre mental des sentiments, à une hiérarchie où la douleur la plus cuisante vient en premier.

» Le salaud ! Devant tout le monde ! Je l'ai pris de haut, j'ai ma fierté : craché dessus, que je lui ai. Tu te rends compte !

Je ne savais plus très bien de quoi il fallait que je me rende compte, entre la fière élégance du crachat, l'immonde insulte publique, et notre laisser-aller domestique qui, soudain, me sautait aux yeux, maintenant que Ninette avait fait irruption chez nous, sans prévenir. J'attendais avec appréhension l'intrusion de Lucie en savates et combinaison, attirée par cette voix nouvelle, flanquée de la petite

131

Barthélémy cramponnée à son derrière, toujours à demi-somnolente, farcie de calmants. Quel déplorable effet allions-nous produire, une fois que Ninette aurait retrouvé ses esprits ?

— Assieds-toi, Ninette. » Je débarrassai un fauteuil du linge sale qui l'ornait. « Que s'est-il passé, pour que vous en arriviez là ? »

Je le savais bien, moi, que pour en arriver là, il avait suffi de laisser les années glisser, le corps de Ninette s'épaissir, l'alcool bouffir son visage. L'aveuglement avait fait le reste : les hoquets qu'elle ne pouvait plus comprimer, son pas tanguant dangereusement entre les guéridons, son sourire aux dents gâtées, son rire rauque achevé dans une toux asthmatique, tout ce qu'elle n'avait pas su voir, trompée par l'horrible accoutumance de l'habitude. M. Francis ne lui avait pas envoyé dire, qu'elle était vieille, grosse, saoule, foutue. Que les clients payaient pour du frais, des quenottes à l'émail intact, des yeux brillants d'allégresse, des seins denses sous la main, une taille souple au toucher, des chevilles graciles. Pas pour un canasson de retour, un bidet de jardin public tout juste bon à traîner les petits enfants.

Qu'en un mot, il ne saurait souffrir cet étalage obscène de dégradations chaque jour plus criantes. On en était doucement arrivé au point où les bicoques n'offrent aucun avantage à être ravalées, où il vaut cent fois mieux s'en défaire, trouver un gogo à qui les refiler. M. Francis pensait avoir montré assez de patience, de mansuétude, certes, il le pensait, en ayant proposé voici déjà longtemps, trop longtemps, un emploi au Récamier, dont il avait pourtant les intérêts à cœur. Ninette n'avait pas saisi cette seconde chance, l'occasion de cultiver une clientèle à sa mesure, en conséquence de quoi, malgré sa délicatesse, il se voyait contraint de la mettre dehors.

Ninette s'était crue en droit d'arguer des liens noués avec les familiers, tous ceux dont elle se considérait comme la muse, la Junon tutélaire, l'affectueuse Vénus.

Sur quoi ce salaud lui avait fait remarquer que ceux dont elle parlait, ce fameux fonds de commerce, n'était constitué que de radins séniles, de pique-assiettes ruinés, quand ce n'étaient pas déjà les ombres tragiques de défunts au tombeau.

— C'est à ce moment que je lui ai craché dessus : me démolir, moi, passe encore, après tout je suis son employée, mais les autres, tous les autres, ah non alors, ah non. Je me vengerai.

C'est à ce moment-là qu'elle s'est mise à regarder autour d'elle. Ayant pendant une seconde conservé l'expression normale à un visage furibond, entièrement tendue vers son désir de justice, je vis s'opérer une transformation brutale, ses chairs se relâcher sous l'empire de la stupeur, dans une sorte d'écroulement généralisé, d'autant que la petite Barthélémy s'encadrait dans la porte, doigts dans la bouche, nue sous une chemisette qui lui découvrait le nombril. Seul le nez de Ninette avait tenu le coup, solidifié par les miracles de la chirurgie, coquinement pointé au plafond, entre un fouillis de peaux mollement affaissées.

— Voyons, Barté, on ne montre pas son tutu comme ça ! Il faut l'excuser, madame, ça n'est pas souvent que nous avons du monde.

Lucie, à son tour, venait présenter ses civilités, sourdement hostile, fièrement crasseuse, satisfaite déjà d'exhi-

133

ber de quoi chasser la gêneuse : les mégots fossilisés, les serpillières éparses parmi des couches-culottes pour adultes incontinents, les bouteilles aux fonds collés de vieille liqueur, les draps douteux étendus à sécher sur le dossier du canapé, disaient assez jusqu'à quel point de décrépitude nous nous étions laissées couler.

Ninette, en vraie professionnelle, tenta bravement de recouvrer son vernis. D'une voix éteinte, elle couina :

— Ne vous dérangez pas pour moi ! Elle est charmante, cette grande fille, si naturelle !

— Vous ne croyez pas si bien dire, madame. Elle vient encore de pisser au lit. C'est ça qui nous a réveillées. Comprenez-vous, madame, sa sieste lui est nécessaire, et sans moi elle ne peut s'endormir. J'ai pris l'habitude de me coucher contre elle, alors, vous pouvez imaginer le résultat. Ce sont les tracas de l'existence, n'est-ce pas ?

— Mais comment donc ! Ça vous mange, une enfant, ça vous mange. Dis donc, mon chou, est-ce que c'est ta sœur ?

— Pas vraiment, non.

— C'est peut-être la fille de madame, alors ?

— Ma fille, vous voulez rire ! J'aurais fait mieux, je vous assure. Non, c'est Claude qui me l'a amenée, je me demande encore pourquoi. Je ne peux pas la jeter à la rue, hein, et d'ailleurs, ça n'est pas moi la patronne, ici. Au fait, on m'appelle Lucie. Si vous voulez mon avis — pour ce qu'on en fait, de mon avis —, cette gosse n'aurait jamais dû quitter son institution. On n'est pas équipées, nous. Et quand je dis nous, Claude n'est jamais là, un courant d'air, je me demande pourquoi elle s'est installée ici, soi-disant pour ranger, ranger ! Ça n'a jamais été pire, madame, d'ailleurs, voyez vous-même, pas la peine de cacher la vérité, on ne fait plus rien de cette maison, parce qu'on ne sait pas quoi en faire, justement. Vous venez peut-être pour acheter ?

— Acheter ? Et avec quoi ? Non alors !

— Ah. Vous êtes passée par hasard ? En visite ? Ça m'étonnerait, depuis le temps qu'on n'en a pas eu, de visites. Claude, tu aurais pu me prévenir, j'aurais rangé. Je le vois bien, que c'est dégueulasse, passez-moi l'expression, mais je n'en trouve pas d'autre. Notez bien que c'est à moi de nettoyer, c'est moi la bonne, mais ranger pour qui, je vous le demande. Autrefois, je ne dis pas. Mais maintenant... D'abord, il y a eu le père de Claude, malade, et bien malade, c'est moi qui vous le dis, un travail du diable, et le reste du jour et de la nuit à lui tenir la main, pendant les crises, de plus en plus rapprochées, pas vraiment le paradis, ça non. A peine le temps de respirer, de me remettre, que voilà la gosse qui s'amène, vous voyez dans quel état. On n'a pas toujours été sales comme ça, madame, bien au contraire. Mais depuis quelque temps, le capitaine ici s'appelle découragement. Il n'y a plus que Claude, qui se lave, et encore, pour sortir uniquement.

Ayant brossé de l'index les miettes de son décolleté, fourragé dans son chignon touffu, Lucie se retira dignement, en traînant par la main la petite Barthélémy cul nu sur la moquette :

» Sur ce, nous allons faire un brin de toilette, puisque nous avons de la visite. Viens, Barté, arrangeons-nous la physionomie.

— Dis donc, Claude, j'ai l'impression que je dérange...

135

Si je m'attendais... Remarque, elles sont sympathiques, hein, ça n'est pas pour les critiquer.

— Et tu t'attendais à quoi, Ninette ? Un palais ?

— Mets-toi à ma place. Lorsque j'ai connu ton père, c'était voiture de sport et compagnie, champagne, soupers de luxe. Jamais de confection, toujours des complets en demi-mesures, le fin du fin, chemises étrangères, avec des étiquettes de partout, Vienne, Barcelone, Bologne, La Haye, une garde-robe de métropoles ! Et les hôtels, mon chou, je ne les compte plus, les relais trois étoiles avec pianiste de jazz au bar, petit déjeuner continental et air conditionné. Non, il n'y a pas à dire, pour moi, c'était un monsieur qui savait vivre. Alors, comprends ma surprise : je t'aurais crue mieux logée. Et cette enfant, là... Ce ne sont pas mes oignons, mais, du diable si je m'explique ce qu'elle vient faire dans cette galère.

— Crois-le ou ne le crois pas, Ninette, je n'en sais rien moi-même. Les choses n'ont pas exactement tourné comme je pensais. A quoi bon revenir en arrière ? Je m'attendais à trouver une maison plus gaie, en ordre, un peu comme toi avec mon père. Moi aussi, j'y croyais, aux voitures de sport, au champagne, à tout ce que j'imaginais de sa vie, à ce qu'on voulait bien m'en raconter. En définitive, je me suis aperçue qu'il avait causé un beau gâchis pour pas grand-chose, pour rien, pour ça, finir comme un pauvre type et crever tout seul. Ça n'en valait vraiment pas la peine, tu ne trouves pas ? Ça ne valait vraiment pas tout le mal qu'il s'est donné pour ressembler à un monsieur, comme tu dis. Tu veux le voir, tel qu'il est aujourd'hui, tu veux le voir, Ninette, le toucher ?

Sans attendre sa réponse, je suis allée chercher le sac de voyage, avec mon père dedans.

» Voilà ce qu'il en reste. C'est peu, n'est-ce pas ? En plus de ça, il me gêne, je ne sais pas quoi en faire.

— C'est dégueulasse !

— Oui, c'est dégueulasse. Regarde avec quoi tu as bu, ri, baisé. Regarde.

— Range-moi ce truc-là, ça n'est pas gentil ce que tu fais là. C'est de ma faute, je n'avais qu'à rester chez moi. Avoue que tu choisis mal ton moment. On dirait que tu veux donner raison à ce salaud de M. Francis, apporter de l'eau à son moulin, avec cette poterie. Ah, il est beau, mon carnet d'adresscs, elle est jolie ma clientèle ! Ça m'en fiche un coup, de le voir d'aussi près, franchement.

— Si on parlait de ta vengeance, Ninette ?

— Quoi, quelle vengeance ? On parle, on parle, mais qu'est-ce que tu veux que je fasse ? C'est le pot de terre contre le pot de fer, soit dit sans vouloir vexer ton père, le pauvre, je manque de tact à parler de pot devant lui.

— Mais si, Ninette, on va se venger, sois tranquille. Je t'aiderai, si tu veux bien. Comment ? C'est mon affaire. Il faut que j'y réfléchisse.

— Bon. Ne le prends pas mal, je n'y crois qu'à moitié : les Francis sont trop malins pour nous. Moi, c'est réglé d'avance, je suis une humiliée de la vie, c'est un client qui m'a dit ça, un soir qu'il était bien chargé, ça m'est resté, c'est joli comme expression. Je n'ai pas compris tout de suite ce qu'il voulait dire avec sa philosophie, d'autant que je devais en tenir une belle aussi, mais aujourd'hui, je commence à flairer son idée. Preuve que ça se lisait depuis longtemps sur ma figure. Passons. Toi, tu n'es pas pareille, n'empêche, regarde-toi, tu crois que tu vas les intimider, avec des mots ? Enfin, on peut toujours rêver. En attendant, donnant donnant, je vais faire un peu de ménage. Peut-être qu'on y verra plus clair.

Avec la conviction qu'elle mettait dans toutes ses entreprises — y compris les petits soulagements qu'elle procurait à ses meilleurs clients, en douce, dans les profondeurs du Richelieu, selon une méthode empirique aussi efficace que les cours de lecture rapide, « tu comprends, ce qu'il faut, c'est de la ré-gu-la-ri-té dans le rythme » —, Ninette avait briqué la maison, trimballant jusque sur le trottoir des monceaux de journaux périmés, de vêtements moisis, de sachets de gâteaux entamés, de flacons poisseux de sirop contre la toux, de lingerie molletonnée à l'usage incertain (chiffons à poussière ? torchons de vaisselle ?), de jeux de cartes dépareillés, de tapis verts publicitaires, et même un sabot de baccara trouvé sous le canapé, dont le fils de l'épicier improvisa sans délai un panier de basket-ball miniature, le visant avec des oranges. Nous avons jeté aussi des chaussettes trouées, des cravates tricotées piquées d'épingles en fer à cheval, des casquettes irlandaises, des écharpes écossaises, des pochettes italiennes, des knicker-bockers autrichiens et un chapeau à plumet, au hasard, tout ce qui traînait sur les chaises, sur le haut des armoires, sous les carpettes, écrasé par les matelas, pourrissant dans le garde-manger, croupissant dans les cageots. Nous, c'était Ninette, acharnée, opiniâtre, infatigable, piétinant de ses talons aiguilles les hardes éparpillées, bandant ses mollets grêles pour atteindre le faîte des buffets, à croupetons sous les sommiers, épiée par l'œil opalescent, noyé de réprobation de Lucie, qui pleurnichait sur ses souvenirs pour

138

expliquer l'inexcusable paresse qui avait abouti à cette déroute.

— Vous n'allez pas jeter ce foulard, quand même ! Et cette robe de chambre !

— Fichez-moi donc la paix, et allez vous laver, tiens, puisque c'est jour de grand ménage.

La petite Barthélémy s'amusait beaucoup, grimpée sur le tas d'ordures, devant la maison. Peu à peu, les va-nu-pieds de la ville, attirés par la rumeur, arrivèrent pour faire leur choix, et je les voyais partir, avec les défroques de mon père, l'un coiffé de sa casquette, l'autre enveloppé dans une horrible veste d'intérieur à carreaux, un autre grattant d'un banjo à la peau crevée. C'était plutôt gai, de les voir défiler dans les ruelles, s'engloutir aux coins des carrefours, disparaître au bout des avenues, les bras chargés des fruits de leur modeste curée.

Une fois que Lucie et la petite Barthélémy ont été propres, nous avons éprouvé le besoin de nous exhiber aux regards des passants, à notre tour.

Ninette, qui ne sortait jamais sans son tralala — ainsi nommait-elle pudiquement l'en-cas d'urgence de l'ancienne séductrice, toujours parée à répondre aux hypothèses de « sacrées ribouldingues » — nous avait fait asseoir en rang sur le rebord de la baignoire, ustensile aussi rongé de rouille que le soupirail de la cave, et qui servait depuis longtemps d'armoire aux affaires de ski. A la chaîne, elle nous avait passées au fond de teint, enveloppées d'un brouillard de poudre rosée, avant de nous souligner le tour des yeux au noir, de nous tapoter les joues d'une crème fuschia, d'enrober nos six paupières closes d'un fard myosotis, terminant par nos lèvres, délicatement dessinées de rouge.

139

Aujourd'hui encore, dans les rares occasions où je me maquille, je ne peux m'empêcher d'éprouver — juste un instant, un éclair, le temps d'une inspiration — la stupeur horrifiée que j'avais ressentie à voir nos quatre visages dans la glace de cette salle de bains jaunie de calcaire. Derrière mes traits figés par les fards, je m'étais vue trois fois répétée, telle que j'aurais pu être, telle que je deviendrais peut-être, une fois laminée par les ans. Ninette admirait en rayonnant le résultat de son polyptyque, arrangeait d'un sourire complaisant son ovale ramolli, ses bajoues, ses paupières pochées, sa trogne d'éponge mal rincée. Déjà, les rides de Lucie craquelaient le voile de poudre, fissuraient la couche de fond de teint, lézardaient le tour des yeux. Enfin, la petite Barthélémy, très excitée, glissait la preuve bariolée de son désastre génétique entre nos épaules, en poussant ses cris gutturaux, léchant de sa grosse langue de veau la nacre de ses lèvres flaccides jusqu'aux narines béant à fleur de peau, étirant du doigt ses paupières rouges aux cils blancs, pour faire saillir encore un peu plus les globes oculaires qui n'en demandaient pas tant, comme lancés au hasard à la racine du front. Et pourtant, nous nous ressemblions, indéniablement, sous les couleurs uniformes et le dessin gauche plaqué par la main de Ninette.

— On est bien, non ? Ça fait soigné, non ? Coquet, je dirais même, sans vouloir me jeter des fleurs. Allons, Claude, souris un peu, ne fais pas ta tête de vieille fille ! Mais qu'est-ce qu'il faut donc inventer pour t'amuser !

Ensuite, elle nous a habillées « nickel », un compromis douteux entre son habitude du racolage et l'idée qu'elle se faisait du convenable, un mariage de décolletés profonds et de jupes informes, de bouquets fondus en fleurs bariolées et de jaquettes de tricot beige. Ainsi fagotées, nous représentions à la fois sa conception de l'élégance, ce que Ninette trouvait distingué, et l'aveu naïf de son souci professionnel d'aguicher les hommes. Elle avait glané ces nippes à travers toute la maison, vieilles robes de Lucie, veste du smoking de mon père, et même une nappe à décor pastoral, dont elle avait fait un tutu amplement froncé pour la petite Barthélémy, qui n'en finissait pas de tournoyer pour exhiber ses cuisses nues.

Ninette était parvenue, par une rouerie consommée du travesti, à dissoudre nos mochetés particulières dans cette gugusserie collective au point qu'on remarquait à peine les étrangetés de notre Barté. Sans doute était-ce l'obscure raison de notre docilité : ni Lucie ni moi n'avions rechigné à ce déguisement insolite.

Une atmosphère de bal, l'ardeur des préparatifs, nous jetèrent secouées de rires dans le taxi de M. Robert, appelé d'urgence, qui eut le bon goût de ne rien dire en nous voyant. C'est lui qui proposa de nous amener au parc, car nous ne savions où aller. Notre bizarrerie nous contraignait à arpenter les allées du jardin public en défiant les passants d'un regard bravache. « Qu'est-ce qu'ils ont à nous regarder ? S'ils nous cherchent, ils vont nous trouver ! » Ninette espérait l'esclandre, provoquer l'algarade qui l'aurait libérée de tous les mots ravalés devant M. Francis, déçue de voir tous les yeux se baisser sur notre passage. Seule, la petite Barthélémy regardait le monde sans manifester quoi que ce soit. Quelle réaction aurions-nous pu attendre ? Son visage n'exprimait jamais rien, sinon, parfois, les terribles reflets des bourrasques intérieures qui la secouaient, dont elle seule connaissait la violence.

141

Lucie rappelait en pleurnichant des souvenirs qu'elle voulait heureux : là, dans ce même parc, elle s'était assise avec moi tant de fois — tellement qu'on n'aurait pas pu les compter, même pas essayer ! — aux tables de la buvette, pour me payer une meringue glacée ! On rigolait, en ce temps-là, « Oui, Claude, tu ne t'en souviens pas, tu étais encore toute gamine », avec les petits sous de mon jeudi.

— Il faisait beau, tiens, comme aujourd'hui. Et zut ! On ne va pas se laisser aller, non ? Je vais lui payer une meringue glacée, à notre petite. Hein, Barté, tu veux bien une douceur ? Tu ne diras pas non, mon bébé ? Vous êtes d'accord, madame Ninette ? Mais où est-elle passée ?

Ninette s'était approchée de la rive du lac, tentant, elle aussi, de renouer avec ses années mirifiques. Autour du « lac aux belles », c'est connu depuis toujours dans la ville, les nuits d'été, tournent les tapineuses du crépuscule, avec l'espoir que les massifs d'hortensias et les douceurs liquides leur offriront un écrin mauve de fraîcheur bucolique, en renfort de leur peau fanée.

— Mon petit chou, je peux t'avouer que j'ai vu du pays, autour de cet étang. Si les cygnes pouvaient parler... Et me voilà obligée d'y revenir, malgré la concurrence, à mon âge ! Ici, on vient pour débuter, quand on n'a pas encore de hareng pour vous sucer les bénéfices. Ou alors en fin de carrière, quand le tôlier te trouve rincée. Qui c'est qui va encore vouloir de ma pomme ? Les arbres ? C'est comme ça, la vie. Quand je pense qu'on va vers l'hiver ! Tu me vois, en bottillons, sous la pluie ?

Quoi qu'on fasse, dans cette ville, on finit toujours par retourner au parc. Il n'y avait qu'à voir le nid piaillant de poupons enfouis dans le sable des bacs, les rangs symétriques de vieillards, immobiles, piqués de part et d'autre de la verrière de l'orangerie, semblables à des rosiers assis sur des bancs, couleur de vinasse, que des jardiniers auraient oubliés là, ni taillés ni arrosés, pour éteindre lentement leurs dernières lueurs. La petite Barthélémy se mit à bramer de ses braiments de mule, en apercevant cette haie de vieux. Sans doute cela réveillait-il les lugubres échos de l'Hermitage, ses arbres brûlés et noirs, les frayeurs de l'asile. L'essaim des bébés lui jeta des œillades terrifiées, lâchant les pelles d'un sursaut unanime pour entamer un concert de hurlements, en offrant aux mamans le spectacle béant de luettes affolées.

« Aliénor, viens chez mamie tout de suite ! On devrait les enfermer, des monstres pareils ! Regardez mon Aymery, il est tout traumatisé ! On n'a pas idée de laisser ça dehors ! »

Alors, on s'est battues.

J'ai commencé à lancer des poignées de sable sur les mères et sur les gosses.

Ninette, ses fins talons enfoncés jusqu'aux chevilles parmi les râteaux et les seaux, écrasant les pâtés, s'est campée au milieu du bac, jambes écartées, pour faire tournoyer son sac en moulinets au bout de la bandoulière, écarter d'elle les mères belliqueuses en un cercle craintif : « Fichez le camp, mal baisées ! Emmenez vos enfants de pute ! Du vent, mesdames, du balai ! », enchantée.

Même Lucie s'y est mise, à petits jets timides, du bout des doigts, en murmurant : « Nous aussi, on a le droit d'être là, non mais ! Vous n'allez pas nous chasser ! On y venait, nous, vous n'étiez même pas nées ! »

La petite Barthélémy gémissait, rampait au milieu des

bambins, aplatie dans le sable, et regardait avec étonnement toutes ces femmes autour de son corps, toutes ces pelles qui s'abattaient sur elle avec une sauvagerie fébrile.

Nous ne saurions jamais si les jardiniers sont venus pour lui porter secours ou pour nous empêcher de troubler plus avant l'ordre public. Quoi qu'il en soit, c'est nous qu'on a emmenées, sous le regard indigné des mégères, avec leurs grappes de rejetons hoquetant dans les bras. Les deux gardiens du parc, un peu embêtés, nous ont conduites dans leur guérite, sans trop savoir quoi faire de nous. J'ai expliqué ce qu'il y avait à expliquer, pas grand-chose, pendant qu'ils nous regardaient avec une discrète pitié : avec nos maquillages coulés, nos oripeaux défaits, je dois reconnaître que nous avions de quoi provoquer leur méfiance. J'ai promis que tout se passerait bien, malgré les grognements de la petite Barthélémy, les insultes proférées à mi-voix par Ninette, et les larmes de Lucie qui compliquait la situation par ses allusions incessantes à la meringue glacée. Ils nous ont finalement libérées, soulagés sans doute, en nous accompagnant jusqu'à la grille où attendait le taxi de M. Robert.

— Jésus Marie Joseph ! J'aurais pu m'en douter ! Je n'aurais jamais dû vous laisser partir tout à l'heure ! Qu'est-ce qui s'est passé ? Mes pauvres petites, qu'est-ce qu'on vous a fait ? Vous n'êtes donc pas capables de vous débrouiller seules dans les rues ? Qu'est-ce que c'est que ce chambard, mademoiselle Claude ?

J'ai soupiré. Qu'est-ce que je pouvais ajouter ? Il avait tout résumé en une phrase, M. Robert : nous n'étions pas capables de nous débrouiller seules dans les rues, voilà tout.

144

Comment, dans ces conditions, aurions-nous su nous débrouiller dans la vie ?

Derrière, Ninette se massait les chevilles, mettant sur le compte des bosselures du terrain sablonneux où elle s'était tordu les pieds la crispation de souffrance et les larmes que son visage ne parvenait pas à contenir : « Foutues pompes ! Mille balles, qu'elles m'ont coûté ! Si j'avais su qu'on crapahuterait comme ça ! Je suis une femme fatale, moi, pas une entraîneuse de catch. Nom d'un chien, qu'est-ce que ça fait mal ! »

La petite Barthélémy léchait les grains de sable collés autour de sa bouche avec une mine d'épagneul surpris à compisser les tapis. Quant à Lucie, elle ne disait rien, le regard fixé sur un horizon lointain, serrant sur sa gorge ridée l'échancrure de son chemisier trop ouvert. Et c'était ça le plus inquiétant, ces yeux délavés farouchement posés sur le vide, aussi froids que la mort, à vous glacer la conscience.

— Allez quoi, les filles, on ne va pas se laisser aller. Ça arrive, ces choses-là. Quoi, une promenade ratée, ça n'est pas si grave, il y a pire, ai-je dit sans conviction, en pointant le doigt sur le feu rouge que M. Robert s'apprêtait à griller.

— Mademoiselle Claude, si je peux me permettre, il faut leur laisser le temps de se ressaisir. Bien sûr, il y a pire. Mais le pire, on le supporte souvent mieux que les petits riens. Tenez, moi, par exemple, à l'enterrement de ma mère, c'est les cailloux dans ma chaussure qui m'ont fait pleurer — les cimetières, vous savez ce que c'est, gravier en veux-tu en voilà. Oui, vraiment, sans ces cailloux, je crois que j'aurais tenu le coup. Vous l'avez un peu cherché, aussi ! Sortir comme vous êtes sorties, avec la petite, c'est aller au-devant des ennuis, qu'est-ce que vous voulez que je vous dise !

— Rien. Je veux que vous ne me disiez rien du tout. Je voudrais que vous regardiez devant vous, c'est tout.

— C'est égal, elles me font de la peine, là derrière. J'aimerais bien leur venir en aide. Madame Lucie, oh, madame Lucie, ça va ? Vous avez perdu votre langue ?

C'est Lucie qui osa alors formuler ce que Ninette et moi avions en tête, elle depuis son renvoi, moi depuis toujours, sans le savoir :

— Nous allons leur en faire baver, monsieur Robert. Pour l'honneur de la petite.

— Allons, allons, madame Lucie ! Ne faites pas l'enfant !

— C'est comme je vous le dis. Vous avez vu juste : les petits riens, ça réveille. J'en ai plus qu'assez de me laisser marcher sur les pieds. Vous voulez nous aider ? C'est le moment.

Et elle est retombée dans sa léthargie, indifférente aux encouragements de Ninette, « Bravo, Lucie, ça me remet d'aplomb, ce que vous chantez là », et à la dispute que j'entamai avec M. Robert :

— C'est malin ! On ne vous avait rien demandé, à vous !

— Je parlais pour parler, moi ! Un mot en entraîne un autre, c'est tout !

— Oui, eh bien, en attendant, vous allez bel et bien m'aider, maintenant. Pas question de me laisser tomber.

— Si vous le prenez comme ça, je vous décharge sur ce trottoir, aussi vrai que je m'appelle Robert.

— Je le prends comme je veux. Et n'oubliez pas vos paris clandestins. Vous croyez que la compagnie vous lais-

146

serait votre taxi, si elle savait que vous en faites un tri-
pot ? Et les passes dans la voiture, en fermant les yeux,
à la sortie du Richelieu, vous croyez que c'est permis, d'en
faire un hôtel, de votre taxi ?

J'avais frappé dans le mille. Vexé, il s'est radouci.

— Bon, bon ! Dans quel pétrin je me suis fourré !

— Ne t'en fais pas, Robert, je te paierai en nature !

Ninette avait retrouvé son allant.

Devant la maison, il a coiffé l'enseigne de sa voiture
d'un capuchon de feutre noir, signe qu'il s'était résigné
à l'interruption de son activité, résolu à partager nos
misères, à épouser notre vendetta, à franchir notre
Rubicon.

Les jours suivant notre équipée, nous étions restées enfermées, ravitaillées par les conserves que M. Robert allait chercher à l'épicerie, plus emplies du mouvement de la ville que nous ne l'avions jamais été, mâchant et remâchant chacune ses rancœurs et ses haines, chacune occupée à couver ses rancunes, à les nourrir jusqu'à leur terme, afin de les expulser, le jour venu.

C'est du moins ce que je faisais, allongée des journées entières à attendre la solution miracle qui me débarrasserait enfin de mes humiliations, et de ce sac à côté de moi, avec mon père, dont je ne savais comment me défaire.

Cette même occupation, je la prêtais à Lucie, sans trop savoir à quoi m'en tenir réellement, car elle n'avait plus daigné ouvrir la bouche depuis sa décision, dans le taxi. Elle promenait son regard liquide de pièce en pièce, toujours flanquée de la petite Barthélémy, somnolente (je la soupçonnais d'augmenter les doses de tranquillisants pour échapper à son accaparement), qu'elle portait parfois accrochée sur son dos, les mollets pâles de l'amorphe créature coincés sous les coudes, postée face à la télévision.

Ninette passait ses journées dans la cuisine, à nettoyer

les murs carrelés, entre deux calvados qu'elle partageait avec M. Robert. Lui demeurait assis à la contempler en attendant ses ordres. Parfois, quand ils avaient bien bu, Ninette allumait la radio, et se trémoussait autour de la table, en tablier à pois, un fichu noué sur ses cheveux blonds, ondulant du mieux qu'elle pouvait pour aguicher le divorcé. M. Robert, une fois bien éméché, se levait lourdement pour la poursuivre, tenter de lui plaquer les mains sur les hanches, et Ninette minaudait en gloussant, agitait l'éponge gorgée d'eau de Javel au bout de sa main gantée de caoutchouc.

« Non, Bobby, sois raisonnable ! Sage, allons, sage ! »

Ils continuaient à boire, comme ça, appuyés contre la toile cirée, entre deux danses pataudes et maladroites, jusqu'à ce que Robert, le visage empli d'une douce hébétude, dégrafe son pantalon. Immanquablement, elle le rejetait, invoquait, à son âge !, les risques d'une grossesse possible, en remontant avec une délicatesse de mère le vêtement de M. Robert tombé sur ses chaussettes.

Moi, si éloignée des hommes et de leur désir, j'en ressentais un trouble proche du vomissement, de voir leur jeu, elle soudain souveraine, et lui si humble. Car je n'en perdais pas un instant, attirée malgré moi derrière la porte du couloir, dès que j'entendais les premiers accents de la rengaine, retenant ma respiration, les épiant au su de Ninette qui m'adressait des œillades appuyées, retrouvant les plaisirs de la scène.

— Tu vois, Claude, les hommes, il faut les tenir au bout d'un bâton.

Elle venait fièrement dans ma chambre lamper le fond de son verre ballon. J'avais repris nos habitudes, enduisais ses mollets maigres de baume à l'âcre odeur de camphre, pour la reposer de ses pas de danse.

Je m'étais faite à ces éclats de musique brutalement interrompus, et M. Robert aussi, qui très vite avait saisi la vanité de son déshabillage larvaire, se contentant de hausser les épaules en la regardant se dandiner, quand elle décida de lui accorder ses dernières faveurs.

Un peu gênée, elle s'était assise sur mon lit.

— C'est bête, Claude, mais il l'a mérité, cet homme, je lui dois bien ça. Dis-moi, ça ne te dérange pas que je recouvre ton père ? Tu comprends, avec lui dans la maison, ça m'intimide. Des fois qu'il le saurait. Ne rigole pas, comment être sûre ? Ça serait moche, de faire ça sous son nez.

Comme je ne trouvais pas d'arguments à lui opposer, elle déplia religieusement son châle de tricot sur le pot, avant d'aller s'enfermer dans la cuisine en mettant la radio plus fort que d'habitude. Je suis restée stupidement assise dans mon lit, à contempler mon vase, en me demandant si M. Robert avait gardé son pantalon sur les chevilles au moment de s'aplatir contre le corps à l'accueillante mollesse de Ninette.

Elle accomplit la cérémonie en un temps record, pour venir s'installer à mes pieds, ravigotée.

— Voilà qui est fait. Il faut savoir dénouer les tensions, de temps en temps. Il est fin prêt pour nous aider, maintenant.

— Nous aider à quoi ?

— Tu ne vas pas me dire que tu n'as rien trouvé ! Elle te sert à quoi, ton intelligence ?

— Ça fait longtemps que je me pose la question.

— Misère ! Toute bête que je suis, je crois qu'on devrait faire des listes, avec tout ce qui ne va pas. J'ai commencé, tiens, voilà :

Ninette
Licenciée sans prêt à vie
Établissements tous possédés par Francis
& Frères, travail stable impossible
Obligée se débrouiller à son âge sans retraite
Fonds clientèle disparu

— Et alors ?

J'ai regardé bêtement le papier arraché au carnet des courses de la cuisine.

— Comment ça, et alors ? Ça ne te suffit pas ? Fais-en autant, et tu vas voir ! Il y a de quoi se révolter.

Je n'avais pas envie de faire de liste, encore moins de la montrer. Qu'aurais-je écrit ? Mère odieuse, père sur les bras, maison en ruine ? Aurais-je dû y ajouter les blessures plus anciennes, les moqueries insignifiantes gravées dans ma mémoire, ma solitude si tôt apprise ? Aurais-je dû mentionner les noms de tous ceux dont chaque mot de travers m'avait fait les haïr à jamais ?

— Ma pauvre Ninette, c'est une guerre, dont j'aurais besoin ! Des mitrailleuses, des bombardiers, des explosions, pour punir ceux qui m'indignent.

— C'est à ça que je pensais.

— Qu'est-ce que tu veux dire ?

— Je veux dire que ce ne serait pas la première fois qu'un cabaret prendrait feu. Voilà ce que je veux dire. Quelques torchons imbibés d'essence, et hop ! Naturellement, je ne pourrais pas le faire moi-même, ce serait trop voyant, j'ai

trop de raisons, des mobiles, on appelle ça dans le journal. Mais quelqu'un d'autre...

— Moi ? Tu dérailles ?

— Non, pas toi, tu t'y prendrais mal. Tu m'aiderais
autrement, toi. Mais Lucie. Qui se méfierait de Lucie ?
Qui la connaît ? Je lui dirais où cacher les torchons,
M. Robert la conduirait. Pourquoi tu crois que, avec lui...

— Il n'est pas question de mêler Lucie à cette idée idiote.
Oublie ça, je t'en prie, et fiche-moi la paix. Tu deviens
folle, je t'assure.

— Folle ? Ni plus ni moins que toi. Je te laisse le temps
de réfléchir. Sinon, je me débrouillerai seule.

Et elle se retira, avec une mine triomphante dont je ne
me méfiai pas assez, sur l'instant. Rusée, elle avait deviné
que je ne pourrais plus me débarrasser de ce projet, que
je passerais le plus clair de mon temps à ruminer mes listes
intérieures, que, peut-être, je finirais par accepter sa proposition doucereuse où je n'avais même pas à tremper,
pour faire taire les fantômes moqueurs qui dansaient, telle
une troupe de funambules, sur mes nerfs.

Je dormis peu cette nuit-là. Je surveillais.

J'errais dans le couloir, de peur que Ninette ne parlât
de ses plans à la pauvre Lucie, ne lui montât la tête en
invoquant l'horrible humiliation subie par la petite Barthélémy, le seul point chaud qui parvienne encore à faire
sortir la bonne de ses gonds, comme si le gardiennage de
la petite lui avait rappelé ses années de jeunesse, lorsqu'on
me confiait à ses soins, ma mère sachant trop combien
son regard glacé la dispensait de recommandations, garan-
tissait mon retour indemne, sans même les écorchures que
se font toutes les fillettes en jouant.

J'étais comme l'appartement de ce temps-là : propre, briquée, pimpante, irréprochable d'aspect, les zones noires et les trous d'ombre enfermés derrière les plis de mes robettes à broderies, à l'image de ma mère niant les nuages charbonneux et les sombres mystères de notre fiasco familial sous l'accueillante avalanche de coussinets à volants et la tendre exposition de ses porcelaines figées dans leurs poses amoureuses.

Du point de vue du camouflage, le physique de la petite Barthélémy n'offrait pas de prise au faux-semblant : elle arborait naïvement, accrochés à la figure, encombrant son corps maladroit, tous les signes apparents de la détresse que nous nous étions toujours efforcés de masquer. Lucie y avait enfin trouvé du repos, un aveu si flagrant de faiblesse la déchargeant de l'obsession qui la rongeait de préserver les apparences, de « faire croire » — au concierge, aux voisins, aux commerçants, au quartier, à ce qui pour elle formait « le monde entier » — que notre famille était « comme les autres ».

Je les regardai dormir, les bras courts de la petite Barthélémy rejetés vers l'arrière, entre les montants métalliques du lit, les cheveux de Lucie tressés en natte pour la nuit, la couverture rose froissée en boule à leurs pieds, le coin du drap imprimé de Mickeys joyeux sur la tête de Barté, soulevé du souffle irrégulier de sa respiration, le corps de Barté comme assis sur les genoux de la bonne dans le sommeil, les mollets de Barté, dépassant de la chemise de nuit toute neuve à dessins de ballons multicolores, collés aux jambes veineuses de Lucie, Barté apaisée des craintes du jour, Barté partie vers je ne sais quelle contrée où rêvent les simples d'esprit, Barté retranchée derrière la barrière boursouflée de ses paupières sans cils, Barté à l'abri contre la frêle carcasse de Lucie. Cette vision idyllique et mièvre se tempérait cependant des yeux fixement ouverts de Lucie, dont, par lâcheté, je n'osai m'approcher, préférant croire à une sorte de sommeil hypnotique — tout comme, dans les dortoirs de pension, on raconte que dort toujours une somnambule, pupilles écarquillées — plutôt que de m'inquiéter de cette veille de naufragée rivée à son radeau, au beau milieu de l'océan, fouillant l'horizon dans l'espoir vain de voir apparaître l'île salvatrice.

« Mon chou, ne reste pas dans le couloir. Tu vas attraper froid. »

Ninette chuchotait dans mon dos, ses larges épaules, ses seins lourds et sa taille épaisse à peine voilés d'une tunique en nylon parme bordée d'une grossière dentelle fuchsia, au ras de ses cuisses un peu flasques qui semblaient dégouliner en pente inégale jusqu'à ses genoux pointus. Cet affichage sexuel était sabré par le port de savates à carreaux et de mi-bas opaques : le soir venu, elle abandonnait les talons, à cause de « sa circulation ». Elle portait sur un plateau la bouteille d'armagnac flanquée de deux verres bombés, qu'elle regardait d'un air fautif.

Nous nous sommes disputées en susurrant jusqu'au canapé :

— Qu'est-ce que tu fiches avec ces deux verres ?

— J'ai invité Robert à rester. Ça te dérange ? Et toi, d'abord, qu'est-ce que tu fabriques dans le couloir à cette heure ?

— Surtout ne te gêne pas ! Invite ton amant dans cette maison, ne me demande pas mon avis ! Ils sont jolis, tes scrupules ! Quant à ce que je fais, ça te concerne ? Je suis chez moi, non ?

— Allez, mon chou, ne te fâche pas. Un homme dans la maison, ça nous change, ça nous fait du bien ! Tu veux que je te dise, si tu en avais un de temps en temps, tu ne serais pas toujours de si mauvaise humeur.

— Épargne-moi tes conseils, merci. Tu crois peut-être mettre ce pauvre type à tes pieds ? Tu penses peut-être le tenir comme ça ? Regarde-toi, sois lucide, pour une fois ! Tu ne comprends pas qu'il a saisi l'aubaine, tout simplement ? Tu t'imagines qu'il va t'aider, pour ton plan imbécile ? Non mais regarde-toi, allons, un peu de courage !

Je l'avais traînée vers le miroir de la cheminée, où, je dois le reconnaître, mon reflet me navra autant, sinon plus, que sa bonne figure hébétée.

— Et alors ? Qu'est-ce que j'ai ?

Qu'avait-elle, en effet, de plus pitoyable que moi ? Ce visage pincé de haine, ces yeux plissés de méfiance, ces lèvres amincies par le soupçon, telle que je me voyais, n'étaient-ce pas les traits chafouins et jaloux de ma mère au plus fort de ses crises ? N'étais-je pas en train de jouer à mon tour la scène de la femme bafouée, trompée sous son toit ? Ninette avait amené un homme, et alors ? Était-ce au nom du pot de cendres, là-bas dans ma chambre, que je lui en faisais le reproche, que je cherchais à la blesser ? Ou alors, pire, lui en voulais-je de savoir faire naître le désir, malgré ses chairs épaisses, ses savates et ses chaussettes, chez des hommes il est vrai peu difficiles, habitués à se contenter du second choix, résignés à ne conquérir les faveurs que de laissées-pour-compte ? Le chauffeur de

155

taxi n'était-il pas l'ultime incarnation des amours de Ninette avec mon père, dont j'avais si longtemps voulu croire que les beautés de la ville, les actrices de cinéma des pays où il voyageait se disputaient les bonnes grâces ?

Ce qui me faisait trembler de rage devant le miroir, n'était-ce pas la preuve qu'il avait suffi d'un sourire de femmes telles que Ninette, devant qui n'importe quel passant haussait les épaules avec dédain, pour entraîner dans leur sillage celui dont j'aurais tant voulu conserver le souvenir d'un séducteur de haut vol, d'un tombeau des cœurs, d'un ensorcelant Casanova !

— Va, Ninette, monte ton plateau. Il va s'impatienter, ton Robert.

— Bois un coup, mon chou. Tu es toute pâle. Faut pas t'énerver comme ça.

— Ninette !

— Quoi ?

— Promets-moi une chose : abandonne cette histoire d'incendie. Nous ne sommes pas des pyromanes. Et laisse Lucie tranquille. Elle oubliera.

— On en reparlera demain. Va dormir. J'ai du pain sur la planche, moi.

Je la laissai monter, patientai quelques minutes, avant de me faufiler à mon tour le long de l'escalier, encouragée par la langueur sirupeuse de *Mon cœur est un bouquet de violettes* que Ninette fredonnait en sourdine. Je voulais, à travers la porte, saisir les échos du mystère dont Ninette semblait posséder la science, infuse, innée, qui pulvérisait mes critères laborieux de l'entendement, un mystère si puissant qu'il y avait des hommes pour lui sacrifier le plus clair de leur vie. Et j'ai bien cru y parvenir, lorsque après les tintements de verres, M. Robert entama, à mi-voix, la conversation.

— Il te reste encore du poulet ?

— Dans le placard. Il y a aussi du gâteau. Va voir.

— Ce qu'il nous faudrait, c'est du vin.

— D'accord avec toi. J'ai pris ce que j'ai trouvé. Il n'y a pas de quoi attraper une indigestion, dans cette maison, tu pourrais faire plus de courses.

— J'achète ce qu'on me dit. Tu n'as qu'à réclamer.

— Réclamer ? C'est pas moi la patronne. Tu veux un peu d'armagnac, pour faire passer le poulet ?

— Je veux bien.

— Mon cœur est un bouquet, crois-moi, elles sont bien gentilles, ça m'ennuie de les laisser, mais question de rigolade, ça n'est pas l'idéal, bouquet de violettes ! Dis donc, à propos, comment tu me trouves ?

— A point, ma fifille, comme cette cuisse, tiens.

— Ne fais pas l'idiot. C'est vrai, tu me trouves belle ?

— Mais oui, pourquoi, qu'est-ce qui t'inquiète ?

— Rien, rien du tout. Allez, on arrête de manger. Pose l'assiette sur la table de nuit. Et fais-moi un câlin, Bobby. Remue-toi un peu, gros paresseux !

Je suis partie, écœurée par le banal conformisme de cette entrée en matière. En fait de mystère, il y avait ce garde-manger nocturne, le triste mirage de Ninette, culbutée dans les draps, la bouche en croupion de volaille, battant des ailes. Elle n'avait qu'à mettre le feu où elle voulait, après tout.

Nous étions loin d'en avoir fini, avec ce volatile.

Après quelques heures de veille acharnée — je préfé-

157

rais, en ce temps-là, garder l'œil ouvert plutôt que de m'enfoncer dans un chaos de cauchemars sans queue ni tête, dont je sortais aussi hébétée qu'un boxeur tambouriné sous les coups, au point que je restais assise dans mon lit pour ne succomber au sommeil qu'aux plus extrêmes limites de la fatigue — je retrouvai la funeste carcasse au bout du bras maigrelet de Lucie, dressée de toute son énergie retrouvée pour l'occasion, devant la porte du réfrigérateur grande ouverte, dont l'ampoule intérieure éclairait notre vestale d'une lumière crue.

— Et ça, hein? Ça, qu'est-ce que c'est?

Ninette, toujours en nuisette-savates, buvait nonchalamment son café.

— Voyons, Lucie! Pour une carcasse, vous n'allez pas faire une histoire!

— C'était le poulet de la petite. Elle adore le poulet, la petite. Tout le monde en profite, de la petite, parce qu'elle ne sait pas se défendre. Dès que j'ai le dos tourné, hop! Se voir volée dans sa propre maison, par quelqu'un qu'on pensait honnête! Je n'aurais pas cru ça de votre part, madame Ninette, ça non.

— Mais enfin ça n'est pas un crime! J'avais faim, voilà tout!

— Faim, faim, et autre chose! Si vous croyez que je ne l'ai pas vu, le taxi, filer ce matin comme un coquin! On vous donne le petit doigt, et vous prenez le bras! Je les connais, les femmes dans votre genre! Mon poulet...

— Mais laissez-moi tranquille, avec mon genre, à la fin! Vous trouvez ça plus malin, de faire la bonniche toute votre vie? Calmez-vous, Lucie. Tiens, on va se réconcilier. Pour la peine, je vais vous confier un secret. Vous voulez bien?

Seulement, jurez-moi de ne pas en parler à Claude. Jurez, croix de bois, croix de fer...

— Trop tard, Ninette : je suis là.

— Tiens, c'est toi ? Toujours à rôder, dis donc, c'est une manie. Tu veux un peu de café ?

— Non merci, je n'en veux pas, de ton café. Tes réflexions, tu peux les garder, je te rappelle que je suis chez moi, ici, et que je rôde quand je veux où je veux. A ce propos, je crois qu'il serait temps que tu t'en ailles.

— M'en aller ? Tu as entendu, pour le poulet ?

— Il ne s'agit pas du poulet. Mange tous les poulets que tu veux, Ninette, mais laisse-nous en dehors de vos magouilles, toi et ton taxi. Va-t'en de chez nous.

— Pardon ! Madame fait la fière ! Ninette n'amuse plus Madame ! Dis-moi donc, pour qui te prends-tu, mon chou ? On vient d'abord voir Ninette, et c'était comment le Richelieu, et il était comment mon petit papa, Ninette, dis, il était gentil ? On vient me tirer les vers du nez, et puis au revoir et merci, dehors à la porte ? Non mais ! Si tu veux le savoir, ton père, il n'aurait pas hésité à mettre le feu, lui, crois-moi, pour aider sa copine, et pour rigoler, pour le geste, simplement pour le geste ! Tu ne peux pas comprendre ça, toi. Je me demande qui t'a élevée ! Mépriser les travailleurs comme ça ! Ton père, il était de mon côté, du côté des exploités ! Ah ah, le poulet ! Même pas bon, il était ! Tu ne peux pas comprendre, tu ne pourrais jamais comprendre ! A toi, il t'est tombé dans la bouche à la naissance, tu en as toujours eu, du poulet !

— Fiche-moi la paix avec ce satané poulet. Et va mener la lutte des classes ailleurs. Ça suffit, Ninette.

— Qu'est-ce qu'elle veut dire avec son feu ? Où c'est

159

que ton père aurait mis le feu ? Qu'est-ce qu'elle raconte ?
Mon Dieu !

— Nulle part, Lucie, c'est des bêtises. Tu ferais mieux
d'aller changer la gosse. Ne t'occupe pas de ces fadaises.

— Ah non ! Je reste ! On ne me dit jamais rien, à moi.
Je veux savoir où il aurait mis le feu.

— Tu vois bien que ça l'intéresse ! Restez, Lucie, je vais
tout vous raconter.

Avec l'obstination bornée de l'idée fixe — pauvre
Ninette, c'était déjà suffisamment ardu pour elle d'en
conserver dans l'ordre tous les éléments, de la cause aux
effets, pour qu'elle pût seulement songer à y apporter des
variantes, de la même façon qu'elle réglait les déshabillages du cabaret selon un cérémonial immuable — elle
répéta, mot pour mot, son plan de vengeance, emprun-
tant çà et là des expressions tout droit sorties des feuille-
tons américains de la télévision, ressortant de son sac la
liste de ses déboires, évitant sournoisement d'y mêler Lucie
ouvertement, gênée par ma présence.

» Évidemment, je ne peux pas le faire moi-même. Je
serais la première soupçonnée. C'est pourquoi j'avais pensé
à quelqu'un d'extérieur, à qui j'expliquerais comment s'y
prendre, quelqu'un qui n'aurait rien à voir. Vous comprenez, Lucie ?

— Oui, je comprends bien, madame Ninette. Je comprends surtout que vous voudriez que ce quelqu'un, ce soit
Claude, ou moi. Qu'est-ce qu'elle en dit, Claude, de tout
ça ?

Je sentais la situation m'échapper, un vent de déraison
souffler sur la cuisine, sur la vaisselle sale abandonnée dans
l'évier, sur les tasses où achevait de refroidir le café.

160

Ninette avait l'habileté d'évoquer l'incendie comme s'il s'était agi d'un nouveau point de tricot, une banalité quotidienne, insistant surtout sur la qualité des chiffons, leur disposition pour assurer « un bon feu », cherchant à attirer Lucie sur le terrain de la maîtresse de maison, celle qui regarde avec plaisir flamber les bûches dans la cheminée, un soir de pluie.

— Claude ? Qu'est-ce que vous voulez qu'elle en sache, de ces affaires-là. Elle sait faire fonctionner sa tête, pas ses mains. Et puis elle voit le mal partout. Moi, c'est juste un tour que je veux leur jouer. A cinq heures du matin, il n'y a plus personne, là-bas. C'est une plaisanterie, vous comprenez ?

— Je ne sais pas si ça me ferait rire, madame Ninette. Ce que je crois, c'est que vous cherchez à m'embobiner. Si vous n'aviez pas pris ce poulet, peut-être que je vous ferais confiance. Mais le poulet de la petite... Pardon, mais je vous vois comme une profiteuse. Son père, à Claude, il vous aurait aidée, peut-être bien. Pour les bêtises, on pouvait toujours compter sur lui. Seulement, il n'est plus là. Ça n'est pas bien de vouloir m'entraîner. Débrouillez-vous toute seule. Moi aussi, je veux que vous partiez, maintenant. Moi, c'est à cause du poulet. Le reste, je m'en fiche. Vous pouvez finir votre café.

— Très bien. Puisqu'on ne me retient pas...

Après le départ de Ninette, la maison retomba dans un silence renfrogné.

« Ça n'était pas bête, son idée », s'était contentée de murmurer Lucie, avant de se replier dans sa léthargie boudeuse. Nous passions des heures assises dans ce qui aurait dû figurer le salon, qui n'était plus qu'un vaste débarras, où trônait la table à repasser dépliée, à côté du canapé vert de mon enfance, d'où je regardais la petite Barthélémy se traîner par terre, à la recherche de flocons de poussière avec lesquels elle jouait, ravie, comme un chien, avant de les mettre en bouche jusqu'à s'étouffer, pour finir dans des quintes de toux sèches qui la jetaient dans la plus profonde stupeur. Elle restait alors sans bouger, regardant le vide de ses prunelles transparentes, une bave épaisse traçant de longs sillons sur son menton, avant de recommencer sa quête.

Notre stock de conserves s'épuisait, et nous ne pouvions plus compter sur M. Robert.

— Lucie, va faire les courses.

— Vas-y toi-même. Moi, j'ai cette petite à garder.

— On pourrait y aller ensemble, la laver, la sortir.

— La sortir ? Tu as vu ce que ça donnait ? Non merci, je préfère rester là. Va faire les courses, je te dis, et après, il faudra qu'on parle.

— De quoi ?

— Qu'on parle, c'est tout.

Je savais bien, ce qu'elle avait à me dire. Ma présence inutile n'avait que trop duré. Je le savais bien, que je n'avais plus rien à faire dans cette ville, que je n'avais jamais rien eu à y faire, que je ne pourrais jamais remonter le temps pour changer le cours de ma vie. Je le savais bien, je l'avais toujours su, que je ne parviendrais jamais à découvrir les secrets de notre famille ratée, parce qu'il n'y avait pas de secrets. J'avais toujours su que ma mère, en me revoyant, serait bien incapable de tarir le flot de sa méchanceté, l'eût-elle souhaité, fût-ce pour un instant, parce que sa source était née de son ventre, qu'elle y avait enflé en même temps que son fœtus, la petite graine de ses tourments, qu'elle avait grandi et pris de la force comme je croissais, sa tumeur, mon double, ma sœur jumelle, dont elle n'aurait pu se délivrer qu'en effaçant la moindre de mes traces, en tuant jusqu'à mon souvenir.

J'avais toujours su que le pot de cendres n'était pas la lampe magique d'un Aladin aux mille tours, d'un seigneur de la nuit, d'un prince de harem luxurieux, mais bien la dérisoire somme de poussière, le ramassis de balayures d'un homme à l'empreinte plus légère que le vent, dans les cœurs oublieux de femmes telles que Ninette, remplacé aisément dans les lits par un chauffeur de taxi, comme l'avait déjà supplanté quelque joueur de cartes pour la partie de belote de l'arrière-salle, sous l'affiche « Grand Championnat », auprès du patron de la briqueterie, du fils de la scierie, du directeur de La Potasse.

J'avais acheté du champagne.

Du champagne! A l'épicerie, ma demande avait suffi à susciter une lueur sournoise dans le regard du commis, avant qu'il parte fouiner dans l'arrière-boutique. A ce détail, j'avais pu mesurer combien la ville, malgré le titre de capitale régionale dont elle s'enorgueillit sur les dépliants de la Chambre de commerce, restait profondément ancrée dans ses habitudes de village. Le promeneur anonyme, solitaire, musardant au hasard des rues, sans but, a vite fait de prendre des allures de suspect, de soulever des vagues de questions refoulées, de suppositions informulées. Jusqu'alors, je n'avais jamais ressenti à quel point l'espace de la ville, familier, rassurant, aux parcours si bien établis que même leurs variantes n'offrent plus de surprises, éteint dès l'enfance le goût de l'inconnu. On sait toujours « où on met les pieds », ici. Au plan des rues répond, verni par une immuable pratique, l'ordre occulte de ses habitants. Pour les gens aussi, on sait toujours où on met les pieds. Les bébés du parc, ceux qui avaient hurlé de terreur au cri de la petite Barthélémy, leurs mères soulevées par la colère, n'avaient fait qu'obéir à la ville en chassant l'erreur.

Et moi, ne l'avais-je pas fuie, la ville, parce que notre famille puait le désordre, pour les nez sensibles des commerçants, des professeurs de mon lycée, des notables réunis au café? N'avais-je pas été chassée par le rang des enfants sages de notre milieu où je ne trouvais pas ma place, ces bambines dont les mamans normales organisaient des goûters d'anniversaire, que des papas responsables prenaient dans leurs bras chaque soir après le travail ? Comment aurais-je pu, en revenant avec mon pot, me fondre parmi ces anciennes fillettes assurées d'avoir tété, dès leur naissance, avec le lait du biberon, les douceurs de la tendresse ?

— Du champagne ? On fête quelque chose, Claude ?

— Tu voulais me parler, non ? On fête ce que tu vas me dire.

— Tu crois ?

— Et comment. Pour une fois, dînons dans la salle à manger. Enlève cette table à repasser, dresse le couvert, habille la petite : fais-moi plaisir.

Lucie a fait un sérieux effort. Pour les raviolis en boîte, elle a sorti le service du dimanche, en traînant la petite Barthélémy par la main. Lavée, pomponnée, la gosse promenait son visage lunaire en se pavanant dans le gilète brodé de lapins. La bonne l'avait coiffée vers l'arrière, en retenant ses mèches trop courtes à grand renfort de barrettes bariolées qui la surmontaient d'un hérisson de houppettes raides, telle une négrillonne de livre d'enfant qu'on aurait plâtrée de blanc. Ce n'était pas une réussite : les cheveux trop tirés, plantés bas, semblaient lui hisser les narines vers le front, agrafer ses paupières gonflées à la racine du front, pendant que sa bouche ouverte, pendante sur le menton, s'efforçait au contraire de ramener son visage vers le bas. Cela lui donnait une expression douloureuse, malgré la joie visible avec laquelle elle tripotait les lapins brodés, devant le miroir.

— Elle est mignonne, hein ?

— Très.

— Eh bien voilà, c'est prêt, j'ai réchauffé les raviolis.

On boit le champagne tout de suite ? Je te préviens, je n'ai pas l'habitude, ça va me rendre paf.

C'était sur quoi je comptais. J'espérais bien que Lucie, rendue prolixe par les gorgées qu'elle buvait à petits traits, n'hésiterait plus à vider son sac, oublierait ses longues années d'humilité silencieuse pour enfin laisser parler son cœur.

» C'est que c'est bon, ce truc-là ! Quand je pense que des femmes comme Ninette, ça en vide, et sans arrêt !

Nous y étions.

— Qu'est-ce que tu as contre Ninette ?

— Je dis Ninette, comme ça, parce qu'on la connaît. Grâce à toi, d'ailleurs. L'amener ici ! Je me demande quelle mouche t'a piquée !

— Elle est plutôt sympathique. Tu ne vas pas recommencer avec cette histoire de poulet, quand même !

— Tatatata ! Qui vole le poulet brûle le cabaret, tiens. Ça n'est pas le poulet, tu le sais très bien.

— C'est quoi, alors ? Bois ! A ta santé !

— Ça n'est pas de refus. Il y a que Ninette, c'est une femme de mauvaise vie, ça n'a pas de scrupules, pas de morale, ça couche avec tout le monde, ça boit avec les hommes, pour de l'argent.

— Et alors ? C'est son métier.

— C'est tout ce que tu trouves à dire ? Son métier ? C'est un métier, de casser les familles, de rendre les gens malheureux, de fiche en l'air des ménages, de ramasser tous les sous qu'elle peut, et même les sous des commissions ?

— Quels sous des commissions ?

— Je me comprends.

— Dis-moi, Lucie, tu la connaissais avant, Ninette ?

— Quand ça, avant ?

— Quand mon père était encore là ?

— Ninette, ou Paulette, ou Zézette, qu'est-ce que ça peut faire, le nom ? C'est bien toutes les mêmes, ces filles-là. Et ton père, il avait le chic pour les dégotter de loin, ne me demande pas comment ça se fait, c'était comme ça. Dès qu'il y avait une nouvelle poule en ville, elle était pour lui. A croire qu'il en était fier. Une véritable collection. En fait, c'est le portrait de Lollobrigida qui lui a tourné l'esprit.

— Le portrait de qui ?

— De Gina Lollobrigida, tu as bien entendu. Tu ne te souviens pas de cette chanson de gosse, bonbon caramel eskimo chocolat, il suce les mamelles de Lollobrigida ? Eh bien à lui, ça ne suffisait pas, la chanson. Il a voulu aller voir comment c'était pour de vrai. Il y a de longtemps, que je te cause. Il n'était pas encore question des poules d'ici. Toujours est-il qu'il est parti pour Rome — voyage d'affaires, tu connais la musique, je me demande quelles affaires, passons — pour Tchinetchita, avec des costumes bleu marine qu'il s'était fait faire spécialement. Des semaines plus tard, qu'il en est revenu. Transformé, la tête tournée dans des rêves de cinéma. Il voulait devenir producteur, qu'il disait. Une idée de gamin, quoi.

— Et la photo ?

— Pendant une dispute avec ta mère, il l'a sortie de son portefeuille. La photo, passe encore, mais ce qu'il y avait écrit dessus ! Remarque, moi, je ne l'ai jamais su, ce qu'il y avait écrit dessus. C'était tout en italien, forcément. Mais ça devait être assez salé, vu que ta mère... Larmes, cris, comme d'habitude, mais en plus elle courait autour de la table pour lui arracher cette sacro-sainte photo, en le traitant de tous les noms.

— Et lui ?

— Lui ? Il rigolait, bien sûr. Sauf qu'elle a bien failli l'attraper, et qu'il lui a collé deux claques, un aller-retour plutôt sévère, à en juger par le boucan. D'ailleurs, elle en est restée pétrifiée. C'est la seule fois où il l'a frappée, à ma connaissance, preuve que ça devait être sérieux.

— Et après, qu'est-ce qu'il est devenu, ce portrait ?

— Qu'est-ce que j'en sais ? Je pense qu'il le gardait sur lui, sur son corps, je veux dire. Ta mère a passé des semaines à fouiller. Portefeuille et poches, ça c'était le tout-venant. Mais aussi dans les tiroirs, jusque dans la cuisine, sous mon nez, dans les boîtes de sucre, dans la réserve aux allumettes, sous les casseroles et dans les sucriers. Qu'est-ce que ça peut faire, du reste, où il l'avait cachée ? Après ça, il n'a plus été le même, c'est tout. Ailleurs, dans les nuages. La Lollobrigida, ça n'a pas dû marcher. Je dis ça, parce qu'à cette époque, j'étais jeune, je lisais *Ciné-monde*, comme toutes les filles. J'avais toute la collection, pour voir comment s'habillaient les célébrités. Il a tout jeté, d'un coup, en me criant dessus, en plus de ça, comme quoi je me montais la tête avec des choses qui n'étaient pas pour moi. Je ne voyais pas pourquoi elles étaient plus pour lui que pour moi, et je me suis fâchée. « Ça n'est pas pour moi non plus », il a répondu. Mon avis, c'est qu'il aurait bien aimé être une star de cinéma, lui aussi, avec sa belle petite gueule. D'ailleurs, en te regardant, c'est simple, j'ai l'impression de le revoir jeune homme. Ça doit être pour ça que je te passe tes fantaisies.

— Moi ? Une belle petite gueule, moi !

— Il serait temps que tu t'en aperçoives.

— Mais on m'a toujours trouvée laide !

— On ? Qui ça, on ? Ta mère ? Elle te trouvait laide parce que tu ressembles à ton père, voilà pourquoi. Ça s'est vu toute petite, que tu tenais de lui.

— Admettons. Tu veux encore un peu de champagne ? D'après toi, il voulait faire du cinéma !

— C'est juste une idée à moi. Du cinéma, ici ! Qui c'est qui fait du cinéma, ici... C'est après qu'il a commencé à sortir avec des filles, n'importe lesquelles, comme s'il ne savait plus choisir. Ninette, ça faisait un bail qu'elle traînait dans les parages. Il la ramassait à l'occasion, en passant. Et puis tout l'immeuble. La Kaufmann et la Heller et la Desmarestz et la Wolff, et la...

— La Barthélémy, tu veux dire ?

— Oui, la Barthélémy. Pauvre femme. A celle-là, je ne lui jette pas la pierre : son mari toujours en dépression, et déjà tous ces gosses. Elle s'est laissé rouler dans la farine. Comment faire autrement, veux-tu me le dire ?

— Et la petite Barthélémy, elle est venue quand, alors ? Après ? Après leur aventure ?

— Après, sans doute. Comment savoir ? Comment veux-tu qu'on soit sûres ? Les sous que ta mère a portés pour l'avortement, je ne sais pas pour qui c'était. Les a-t-elle seulement portés ?

Et moi, pourquoi serais-je allée ramasser cette petite dans son asile, cette petite qui ne m'était rien, cette petite à laquelle ne me liait que son lugubre cri, dans la cour ? J'avais peut-être entendu, enfant, mi-éveillée mi-endormie, une de ces innombrables disputes chuchotées dans le noir, une parmi toutes celles que j'avais oubliées au matin, que je préférais croire, avec sagesse, sorties droit de mes cauchemars ?

Je voulais savoir, et en même temps je ne voulais pas. Dans mon désarroi, je me fixai sur un détail futile de notre anatomie familiale. Ma grand-mère Mina, en me donnant mon bain, avait institué un rite : elle suivait du doigt le vague tracé d'une constellation d'étoiles qui formaient sur ma hanche des grains de beauté épars. « Tu vois la Grande Ourse ? La même que moi, et que ton papa. Plus tard, quand tu auras des enfants, on la retrouvera ! »

— Est-ce que tu as remarqué les grains de beauté de la petite, Lucie ?

— Les grains de beauté ? Qu'est-ce que tu me chantes ?

— Ne discute pas. Déshabillons-la.

— Tu es piquée, ma pauvre. Enfin, si tu y tiens. C'est bien parce que j'ai bu. Je suis paf, je t'avais prévenue.

La petite était tranquillement assise par terre, dans un coin de la pièce, à demi cachée par le canapé vert, à déchirer sagement les pages d'un magazine. Elle nous regarda fondre sur elle avec confiance, sa bouche fendue d'un sourire béant. Elle ne commença à se renfrogner que lorsque nos doigts nerveux lui arrachèrent le « gilète » aux lapins, qu'elle aimait avec passion. Elle se mit à gigoter mollement en poussant des piaillements de poussin lorsque je tirai sur sa jupe, pendant que Lucie déboutonnait son corsage de broderie anglaise. Son étonnement tourna à la terreur lorsque nous l'empoignâmes de nos quatre mains impatientes pour lui enlever les habits auxquels elle manifesta un attachement surprenant, en s'accrochant de tous ses poings au col de dentelle, à la jupe froncée imprimée

170

de coquelicots rouges. Je les vois encore aujourd'hui, les coquelicots froissés par notre hâte. Nous avons dû combattre un bon moment, avant qu'elle ne s'avoue vaincue, lâche prise dans de gros sanglots. Nous l'avons portée sur le canapé vert, en évitant les coups de pied qu'elle donnait par saccades, pour la forme, et nous avons débarrassé son corps sans vie de la culotte, du maillot de corps douteux. Il n'y avait rien, sur sa hanche. « Par acquit de conscience », comme le murmura Lucie avec gêne, nous l'avons tournée et retournée, minutieusement explorée, pour le cas où cette fameuse Grande Ourse serait allée se nicher ailleurs. Avions-nous honte ? Même pas. C'est maintenant que j'ai honte, au souvenir du visage de la petite Barthélémy, obstinément réfugié derrière ses bras repliés, comme si elle avait eu peur de nos coups, sa figure blême, d'où ne dépassaient que les couettes hérissées par les barrettes, la respiration de son gros nez obstrué de glaires, et ses jappements de désespoir. Nous étions restées à la regarder sans savoir que faire, sinon caresser les côtes pointues de son torse trop court, tapoter ses cuisses bourrelées d'une graisse pâteuse, masser ses mollets flasques, chatouiller ses orteils ronds, dans l'espoir vain de reconquérir au moins son indifférence, parce que nous savions bien qu'elle nous détesterait, désormais, comme n'importe quelle personne normale détesterait deux harpies surgies d'un bond pour la déshabiller, elle qui ne demandait rien d'autre à la vie que de la laisser rêvasser tranquille dans son coin. Qu'est-ce que ça changeait, que notre personne à nous fût si laide, incapable de jouer à autre chose qu'à observer le plafond, à souligner d'un doigt mouillé de salive le montant de bois du canapé vert, à tourner sa langue autour de sa bouche pour en sucer la bave ? Oui, qu'est-ce que ça changeait ?

— On l'a perdue. Si c'est pas malheureux ! Avec tous les efforts que j'ai faits pour lui apprendre à parler, à se tenir propre ! Qu'est-ce qu'on va en faire, maintenant ?

— Ne t'inquiète pas, Lucie. Laisse-la comme elle est, ne la touche surtout pas. Elle finira par se calmer. Peut-être. De toute façon, ça ne pouvait pas durer. Je vais partir. Je vais la ramener d'où elle vient. N'était-ce pas ce que tu voulais me dire, puisque tu voulais me parler ?

— C'était ça, oui. Mais pas comme ça. J'aurais souhaité que ce soit plus gentil. C'est ta faute, avec ton champagne.

— Je l'avais fait exprès. C'était notre départ que je voulais fêter. Mais pas comme ça, tu as raison. Savoir ce qui m'a pris ! Rends-moi service, une dernière fois. Veille sur elle. Je sors. Je voudrais respirer un peu.

— C'est facile, pour toi. Quand ça ne va pas, tu peux partir. Tu ressembles à ton père, dans le fond.

— Et mon père, tu sais à quoi il ressemble ? A des mégots de cigarette, à une poubelle de bistrot, quand on a vidé les cendriers. Finalement, c'est sa place, non ?

Ce soir-là, je suis partie avec mon pot dans un sac en plastique du supermarché, décidée à en finir dans cet ultime pèlerinage.

Je suis bien forcée de l'avouer — et il m'en coûte, j'aurais préféré écarter le projet de cette tentative d'un revers de main, avec un sourire narquois, voire un haussement d'épaules — je retournai rôder devant la maison de ma mère. Pourquoi ? Nous avons tous notre décharge emplie de déchets intimes, dont nous ne savons comment nous défaire, que nous traînons toute notre vie quels que soient nos déménagements. Moi, c'était ça, la volonté obtuse de l'entendre dire une fois seulement qu'elle m'avait un jour aimée, que je n'étais pas cette enfant disgracieuse dont elle avait supporté la charge à contrecœur, jusqu'au point de n'en plus pouvoir, de disparaître, de me fermer sa porte. Sur le chemin, je m'étais surprise à rejouer ce scénario tant de fois imaginé : j'aperçois sa maison de loin — et cette maison, dans le rêve, est un ravissant rez-de-chaussée surgissant d'un jardin enchanteur — je m'avance lentement dans une allée jonchée de feuilles, je n'ai même pas le temps de sonner, elle accourt à ma rencontre pour m'étreindre dans ses bras. Fin.

Je l'ai aperçue, sa maison de loin, ce soir-là. Le fond de l'impasse, les lourds sapins aux branches noires, les volets clos sur les volants bouillonnés, la grille aux volutes prétentieuses. Je n'ai pas eu besoin de faire le tour par-derrière, pour revoir le linge étendu, les jardinières empilées, les râteaux, le tuyau d'arrosage, devant la porte de la cuisine.

A quoi bon ? J'aurais pu abandonner, parmi les autres pots, le pot de mon père, en toute impunité. Je ne voulais pas offrir à ma mère le plaisir de cette méchanceté suprême, son couronnement, lorsque, après quelques regards intrigués, elle aurait simplement déposé mon père sur le trottoir, en attendant le passage de la benne à ordures. N'était-ce pas lui donner à bon compte l'occasion d'accomplir enfin ce qu'elle avait toujours désiré ? Je suis repartie, avec mon sac du supermarché, pour une dernière soirée au Richelieu. C'était là que je comptais m'en débarrasser, là où mon père avait passé tant de nuits. N'était-il pas logique qu'il y terminât sa carrière de séducteur ?

Sans Ninette, la boîte me semblait avoir perdu de son allant. Agathe faisait de son mieux pour la remplacer, levait son verre en cadence, pour trinquer à ceci, à cela, au lever du rideau, aux trois coups de M. Georges, aux jumelles ambiguës, au cancan parisien, avec son accent de Golfe-Juan, son nez retroussé trop haut, ses oreilles de lapin et sa queue de peluche rose qu'elle rajustait en soulevant délicatement une fesse de son fauteuil en Skaï carmin. Je ne parvenais pas, ce soir-là, à m'intéresser aux congressistes attablés, au spectacle laborieux, à la gymnastique ahanante de la maigrichonne aux petits seins. Ninette me manquait, Ninette et sa vulgarité, Ninette et son corps épais tassé sur ses jambes grêles, Ninette et sa décoloration platine, Ninette et tout le poids de ses souvenirs, la gourmette de Ninette avec la tour Eiffel et l'arc de Triomphe, le parfum de cocotte de Ninette. Elle seule parvenait à noyer l'affreux papier peint en faux velours de Gênes, l'insupportable odeur vestiaire-cabinets, les pulsations glacées de l'air conditionné. Peut-être avait-elle raison : sans elle, le Richelieu n'était bon qu'à brûler, pour moi du moins, et quelques autres de ses clients venus chercher là des saveurs enfouies d'un temps où ils tenaient encore le haut du pavé.

Que serais-tu allé faire dans ces coulisses, papa, parmi ces voyageurs en goguette, ces filles que tu ne connaissais plus ? Je suis repartie avec mon sac.

Quitte à l'abandonner, autant que ce fût dans un endroit où il pût, le cas échéant, se plaire. Je lui devais bien ça. Que restait-il ? Le café « Grand Championnat », et ses joueurs de rami.

Pourquoi n'exposeraient-ils pas, parmi les trophées de tournoi, prix offert par le casino de Charbonnières, championnat de France open par paires, coupe de l'interclub du Hurepoix, Sélection division nationale FFB, entre tous ces vases en alliage rutilant montés sur des socles de faux marbre invariablement veiné de vert, l'urne de cuivre rougeoyant ? Il aurait suffi d'une vitrine, là, entre la porte du téléphone et celle des toilettes, au-dessous de la pancarte « Salle au 1er étage. Noces et banquets », pour que mon père, au milieu d'autres joueurs disparus, inaugure dignement ce panthéon des grands chelems, ce mausolée des fumeurs de cigares, cette basilique des buveurs de cognac. Il aurait suffi de remplacer le carton montrant le chemin de l'étage par un coquet panonceau calligraphié en gothique : « Ici reposent, dans la fumée et dans le bruit, poivrots, flambeurs et perdants de notre établissement. Que le Seigneur leur distribue beau jeu. »

Malgré l'heure tardive, ils sont encore là, ce soir, les abonnés de la grosse partie : les autocars Gemminger, la briqueterie Bisch, le dentiste Rosenstiel, et puis un quatrième, ce fameux quatrième nouvellement élu en remplacement du partenaire enlevé à leurs distributions, à leurs mains, à leurs donnes, à leurs enchères, à leurs entames, à leurs plis, à leurs atouts, à leurs contres et surcontres. « Garçon ! Vous nous remettrez la même chose ! » Ils hument les cartes de celui qu'on appelle le mort, celui qui, au début du coup, étale son jeu par couleur pour laisser à son partenaire le soin de gagner son contrat, comme le sanglier flaire le sous-bois. Ici aussi, le trou s'est refermé, tout est rentré dans l'ordre. Garçon, la même chose... Sait-il seulement qui tu étais, papa, ce quatrième qui a pris

175

ta place et tes gestes, qui se retourne vers le guéridon pour prendre son verre de liqueur, comme toi, qui a posé à côté de lui son briquet sur sa feuille de points, comme toi, qui aspire la fumée en renversant la tête, comme toi, ce quatrième qui est déjà plus toi que toi.

Enfin, je suis allée vaguer autour de la cathédrale, sous les fenêtres obscures de Ninette, le bras endolori par le poids de mon père.

Ninette, ou Paulette, ou Zézette, qu'auriez-vous pu m'apprendre que je ne sache déjà? Lollobrigida, lollobrigi, lollobri, lollo, lo, et puis plus rien, que les ombres épaissies de vos jolis corps de gamines, fourragés sans conviction par un homme fatigué de ne plus pouvoir y croire, à la belle petite gueule peu à peu alourdie, effacée sous les rides, ravinée par les plis de la bouche et le renflement des paupières, plombée par les nuits éclairées au néon de l'arrière-salle.

En finir... mais ça, je ne saurais jamais. Écarter... quoi, d'un revers de main, d'un sourire, d'un haussement d'épaules?

Je suis rentrée chez nous, avec mon sac, croisant les premières porteuses de journaux tirant leurs chariots d'osier.

— Claude ! Réveille-toi ! Mais réveille-toi donc !

— Qu'est-ce qu'il se passe ? Quelle heure est-il ?

— Quelle importance, l'heure qu'il est ! Regarde le journal, regarde ! Elle l'a fait.

Lucie brandissait les pages locales du quotidien au-dessus de mon nez, dans un froissement de papier.

— Elle l'a fait, je te dis ! Le feu !

— Donne-moi ça.

Entre les vétérinaires de garde, l'inauguration d'un échangeur d'autoroute, et l'annonce de la conférence « L'Europe, un enjeu culturel », j'ai mis du temps à trouver l'entrefilet :

Négligence fatale

Aux premières heures de la matinée, le feu a pris dans le local de maintenance du cabaret Le Richelieu. N'écoutant que son sang-froid, un voisin, M. Céléa, alerté par la fumée, a éteint les deux poubelles de cet établissement bien connu. Cet incident, heureusement sans conséquences, semble dû à la négligence. « Ce n'est pas la première fois, dit M. Céléa, qu'ils vident des mégots allumés. J'ai toujours un tuyau d'arrosage dans ma cour. » Cela n'est pas sans rappeler l'accident survenu au petit Bruno : le garçonnet de trois ans qui

177

jouait dans sa rue, a avalé le contenu d'un tube de barbituriques que ses menottes innocentes avaient trouvé dans un sac d'ordures. Ces cas d'inconscience sont hélas trop fréquents. Rappelons que le civisme commence au seuil de votre porte !

— Calme-toi, Lucie ! Il n'y a pas de quoi s'énerver, je t'assure.

— Mais si, je m'énerve, mais si, justement ! Tu te rends compte, avec ses airs d'héroïne, qu'on aurait cru qu'elle allait prendre la Bastille ! Et que nous n'avions pas de courage par-ci, et qu'elle allait se venger par-là ! Le feu dans une poubelle ! Tu veux que je te dise, je trouve ça minable, voilà, lamentable. Tout ce tintouin pour ça, c'est misérable, tu entends, misérable.

— Ne te fâche pas ! On dirait que tu aurais préféré qu'elle mette le feu pour de bon.

— Oui, j'aurais préféré, oui, j'aurais eu du respect. Les gens doivent tenir leurs promesses, non ? Moi, quand je dis quelque chose, je le fais.

— Toi, tu ne connais pas la vie, Lucie. C'est plus raisonnable, non ? Une poubelle, ça ne fait de mal à personne, ça la soulage, et le type qui a éteint les flammes va pouvoir s'en vanter pendant le restant de ses jours. De quoi veux-tu qu'on se plaigne ? Parle-moi plutôt de la petite. Tu as réussi à la coucher ?

— Non, Claude, et ça me fait mal de la voir dans cet état. Elle est toujours sur le canapé. Je lui ai mis une couverture, et puis donné son Valium. Mais ça n'est plus pareil entre nous, à cause de ton champagne.

— Ça aussi, qu'est-ce que ça peut faire ? Je m'en vais aujourd'hui, Lucie, je la ramène.

178

— Et moi ? Où je vais ? Tu ne veux pas m'emmener, moi ? Tu veux me jeter à la rue ?

— Mais non, voyons. Tu n'as qu'à rester ici, garder la maison, la nettoyer de temps en temps. Amuse-toi, invite des copines, je ne sais pas, moi, oublie-nous.

— Vous oublier ? Vous oublier… Comment veux-tu que je vous oublie ? Des copines, ça fait belle lurette que je n'en ai plus. Elles sont mortes, ou parties en retraite, retournées chez elles. Moi, mon chez-moi, c'était ici, avec vous, avec lui, surtout avec lui. Claude, je ne te l'ai jamais dit, je ne savais pas comment m'y prendre, mais, ton père et moi, dans les dernières années… Tu comprends, je m'en occupais, il était déjà affaibli, il sortait moins, alors… Tu comprends, n'est-ce pas, tu ne m'en veux pas ?

— Tais-toi. Garde la maison. Tais-toi. Il faut préparer la gamine, maintenant.

Nous avons dû ruser, pour habiller la petite, nous y reprendre à plus d'une fois, l'approcher de plus en plus près en nous composant des mines engageantes, du moins l'idée que nous avions, dans notre univers normal, d'une mine engageante, le sourire niais, les gestes ralentis. Lucie avançait en lançant des bisous en rafales, le fameux gilète aux lapins tendu vers la petite Barthélémy, aussi peu lénifiante que le chiffon rouge devant les yeux d'un taureau furieux. Au bout du compte, il a bien fallu que je la maintienne, pour que Lucie puisse enfiler sa culotte sur des jambes aussi raides que du bois, passer les bras dans les échancrures du tricot de corps, glisser enfin les manches du corsage en broderie anglaise, la ceinture élastique de la jupe aux coquelicots. A force de l'avoir à mes côtés, la bave, la morve, la grosse langue pendouillant de sa bouche ouverte, ses yeux révulsés, jusqu'à ce braiment régulier de baudet qui lui sortait des entrailles avaient fini de m'émouvoir. J'éprouvais plutôt une hâte à m'en défaire, à la rendre d'où elle était venue, certaine qu'à l'avenir, si d'aventure ce cri brutal revenait me hanter, la nuit, je sentirais aussitôt un lâche soulagement m'envahir, à la pensée d'en être débarrassée à tout jamais.

— Qu'est-ce qu'elle gueule, tout de même, ça n'est pas normal !

— File-lui une trempe.

Voilà où nous en étions arrivées.

Les adieux furent brefs et mensongers.

— Surveille bien la maison, Lucie, et à bientôt.

— Tu reviens quand ?

— Je ne sais pas. Bientôt.

— Sans la petite !

— Sans la petite, bien sûr.

Je lui adressai un signe de la main, regardai pour la dernière fois la porte se fermer sur sa silhouette tassée, la façade austère de la maison à colombages, le toit à la pente abrupte. Il aurait fallu remplacer les tuiles. Il aurait fallu, oui, mais je n'en avais pas l'intention. Cette maison, comme le reste, je voulais l'oublier, l'abandonner à Lucie, oublier Lucie, oublier la ville.

Nous nous sommes assises une dernière fois dans le taxi à l'odeur de déodorant, le siège avant toujours encombré de tickets de Loto, de formulaires de tiercé.

— Alors, mademoiselle Claude, comme ça, vous nous quittez ?

— Oui, monsieur Robert, on s'en va.

— Je voulais vous dire, c'était pas honnête de me faire croire que vous alliez faire un article. J'ai l'air de quoi, maintenant, au Richelieu? J'ai l'air d'une bille.

— A propos du Richelieu, comment va votre Ninette?

— Je n'en sais rien. Pour tout vous avouer, quand je suis sorti de chez vous, l'autre matin, et encore toutes mes excuses, je croyais, moi, que vous étiez d'accord, bref, j'ai décidé de mettre un peu d'air entre nous. Je ne sais pas comment l'expliquer, mais cette nuit-là m'avait fichu un de ces cafards! La maison, aussi, avec ce mort... Et Ninette, qui voulait me mettre le grappin dessus, avec son affaire d'incendie. Je ne suis pas né de la dernière pluie, moi. D'autant que pour la bagatelle, on a beau vivre sans femme depuis longtemps, faites excuse, on aime sentir un peu d'affection. Même si je sais bien que c'est pour faire semblant. Je vous amène à la gare, je suppose? Vous ramenez votre parente? Ça a dû lui faire du bien, de voir un peu de pays. Vous vous rappelez, la première fois, dans mon taxi? Ça me dégoûtait, franchement, de la regarder vautrée contre ma vitre, comme un phoque. J'ai même failli vous refuser. Tenez, vous voilà arrivées.

— Dites-moi, monsieur Robert, pour le feu dans la poubelle, vous ne l'avez pas aidée, cette nuit?

— Moi? Vous rigolez? Encore heureux que je ne sois pas allé la dénoncer, tiens! Je tiens à ma licence, moi! Allez, à la prochaine!

Il déposa sur le trottoir la valise à carreaux de la petite Barthélémy, mon père, et je suis restée un moment à hésiter devant la gare. Le sac, j'aurais pu le laisser dans le taxi, sous le siège. Mais je pourrais encore le laisser dans le train de Paris, dans celui de Salbris, dans le parc de l'Hermitage. J'avais toute la vie devant moi pour l'abandonner, et je suppose que c'est pourquoi je ne l'ai pas jeté, maintenant qu'il est derrière mon dos, dans ma boutique de souvenirs, entre les gondoles en verre filé et les chevaux de bronze. Je ne l'ai pas encore jeté, parce que chaque matin je passe un bon moment, dans mon lit, à imaginer que je vais le faire, et comment, et dans quelle ruelle je vais le déposer. Ça m'aide à tenir jusqu'au lendemain.

On a recommencé le voyage à l'envers, tous les trois, la petite Barthélémy, mon père, et moi. Dans le silence, nous avons traversé la Lorraine, et la Champagne, Toul, Commercy, Épernay, d'où montaient et descendaient les mêmes militaires aux gestes obscènes. Gare d'Austerlitz, j'ai acheté à la petite une nouvelle poupée de chiffons, et nous avons patienté sur un banc, pour la correspondance. A Orléans, sur un autre banc, nous avons attendu l'omnibus, jusqu'à Salbris. Je suis retournée au Paris-Orléans chercher le garagiste, celui qui fait aussi taxi. C'était le soir, un peu plus avancé dans l'automne, encore l'heure de l'apéritif, et le juke-box braillait les mêmes tops défraîchis. Combien de temps s'était passé ? Un mois, un an, des siècles ?

— Bonjour madame ! Vous allez bien, depuis l'autre fois ? Vous nous ramenez une pensionnaire ?

Elle sourit, la douce serveuse au regard alangui, dont les seins soulèvent la bavette du tablier, en faisant claquer ses mules sur le carrelage.

Elle porte aujourd'hui un collier au triple rang de fausses perles.

— Il est joli, votre collier. Votre broche-oiseau, celle de la dernière fois, elle est très belle, aussi.

— La broche-oiseau ? Je ne la mets plus. C'est que j'ai changé d'amoureux. Le collier, c'est le nouveau qui m'en a fait cadeau, alors... Ça va ça vient, comme on dit. C'est que du toc, de toute façon. Pour du vrai, faudrait que j'en trouve un qui touche le Loto. Et ici, vous savez...

Elle prend l'air mi-mutin, mi-navré. Je pense au bracelet de Ninette, à la gourmette aux breloques. Alors, j'ai donné à la serveuse la chevalière léguée par ma grand-mère Mina.

— Tenez. Elle est à vous.

— Oh mais non, pourquoi ? C'est du vrai ?

— Oui, c'est du vrai. Prenez-la, faites-moi plaisir, comme ça vous ne m'oublierez pas tout à fait.

— Alors, si ça vous fait plaisir. Mais attendez, on échange. Je vais vous donner l'oiseau. J'insiste.

Cette broche, je la porte encore aujourd'hui, au revers de mon tailleur. C'est la seule trace qui me reste de ce voyage.

Il me suffit de la toucher pour en rappeler chaque détail à ma mémoire défaillante.

Dans la nuit, nous avons traversé les plates étendues de fougères, les sombres trouées des étangs, le parc sinueux de la maison de retraite, aux arbres tordus.

Dès le passage de la grille, la petite se remit à bramer sa lugubre désespérance, ses paumes dessinant de longues traînées moites sur la vitre.

— Il faudra nettoyer, ma petite dame, c'est toujours pareil, quand on vient ici, ça fait des dégâts dans la Peugeot.

183

Il n'y avait personne dans la cour, personne non plus dans le couloir vert-de-gris à la puanteur d'eau de Javel. Les clameurs ont attiré la surveillante qui arrive au galop.

— Mais qu'est-ce que c'est que ça ?

— Ça, c'est votre pensionnaire. Je vous la ramène. Aidez-moi à la tenir, vous voyez bien qu'elle veut s'échapper !

— Ah mais, c'est qu'on ne m'a pas prévenue, moi ! Il n'y a pas d'arrivée ce soir ! Je ne peux pas...

— Allez chercher la directrice.

— A cette heure-ci ? Elle dort !

— Eh bien réveillez-la. De toute façon, ça m'est égal, elle est à vous, assurée sociale 2.58.67.482.137. Je vous la rends, faites-en ce que voulez. Je vous souhaite bien le bonsoir.

Je me suis enfuie, poursuivie par les hurlements hystériques de la surveillante, Madame ! Madame ! La petite Barthélémy ne criait plus. Je n'avais pas besoin de me retourner pour la voir, plantée au milieu du couloir, dans la lumière jaune, avec son gilète aux lapins, son corsage en broderie anglaise, sa valise à carreaux, sa poupée de chiffons, et de la bave plein la figure. Elle ne criait plus, résignée, et c'était aussi bien comme ça, pour elle qui n'avait pas de Grande Ourse étoilée le long de sa hanche.

Nous n'étions plus que deux, mon père et moi, au Jeanne d'Arc Palace d'Orléans. Je commençai à me faire à traîner cette présence, somme toute peu encombrante, légère, une fois débarrassée du poids du passé. Je dormis d'un profond sommeil, pour la première fois depuis longtemps.

M. Murat me reprit sans triomphalisme excessif, ce dont je lui sus gré. Je repris mes recherches à la bibliothèque de l'École des Chartes, pour les Éditions du patrimoine culturel de la France. Seule Mlle Sourdillon vit mon retour d'un très mauvais œil. Elle m'avait, je crois, remplacée durant mon absence, quand M. Murat avait besoin d'une âme pour compatir à ses malheurs conjugaux, à ses déboires professionnels, à ses ratages sentimentaux, au cours de ses tournées des bars du boulevard de Montparnasse.

— Pourquoi êtes-vous revenue, au juste, Claude ?

— Je ne sais pas. Parce que c'est mon travail.

— Je trouve ça bizarre. Pour commencer vous partez sans prévenir, et vous revenez de même, comme si de rien n'était ! Le travail, vous vous en fichez bien. Qui c'est qui a assuré le suivi, pendant votre farniente, votre dolce vita ? C'est Mlle Sourdillon, naturellement.

— Avec M. Murat aussi, vous avez assuré le suivi ?

— Oh, je vous en prie, vous, hein !

Les journées se passaient en escarmouches larvées, en rencontres oiseuses avec des auteurs de second rang, ceux

185

qui se satisfaisaient de contrats dérisoires, pour l'élaboration d'ouvrages touristiques, *Au pays de l'âme celtique, Quand passent les cigognes sur les cheminées d'Alsace, Cœurs d'azur sur la Côte d'Azur*, tous titres que j'éprouvais une joie malsaine à griffonner sur un coin de bureau, pendant que M. Murat, en se curant le nez, épluchait ses anciennes publications pour en reproduire indéfiniment les photos.

C'est aux Éditions du patrimoine que me parvint une lettre épaisse sous enveloppe de kraft.

— Tenez, Claude, du courrier pour vous. Je vous rappelle que vous n'avez pas le droit de recevoir de lettres personnelles au bureau.

— Comment le savez-vous, mademoiselle Sourdillon, que c'est une lettre personnelle?

— Je l'ai ouverte, tiens! Je vais me gêner! C'est moi la secrétaire ici, chargée du courrier, le menu fretin, les basses besognes, c'est pour Mlle Sourdillon!

— Et alors, qu'est-ce qu'il y a dedans?

— Des babioles, des articles. Rien qui me regarde. Je n'ai pas lu la lettre.

— Vous voulez dire, rien qui vous intéresse! Ou alors, vous n'avez pas eu le temps! Donnez-moi ça.

Je m'enfermai dans mon cagibi aux vitres dépolies, dont je voyais dépasser la tête suspicieuse de Mlle Sourdillon.

C'était une lettre de Lucie, assortie du portrait de Gina Lollobrigida, et de quelques coupures du quotidien régional, que je parcourus avec stupéfaction.

Le Richelieu avait flambé, finalement, aux pleines heures de l'affluence, faisant quelques blessés graves et plusieurs touchés légèrement. Panique, pompiers, incendie crimi-

nel, bidons d'essence et torchons imbibés retrouvés, la mal-
veillance ne faisait aucun doute. On avait d'abord pensé
à un règlement de comptes entre gens du milieu. Là s'arrêtait le premier article, largement illustré de filles nues en
larmes, barbouillées de suie.

La seconde relation racontait l'arrestation de la pyro-
mane, Ninette, notre Ninette, dont le mobile sautait aux
yeux, la vengeance d'une entraîneuse licenciée, on l'avait
entendue proférer des menaces. Ninette était inculpée, bien
qu'elle criât son innocence, produisît un alibi imparable
(elle n'était pas en ville ce soir-là). Le journal laissait
entendre que les alibis d'une entraîneuse sentaient le fabriqué, trop beaux pour être vrais, sous la photo de Ninette
les mains entravées de menottes, la tête cachée par un pan
de sa veste, encadrée de deux policiers. Le cliché était de
mauvaise qualité : je la reconnus à ses mollets grêles, à
ses talons haut perchés.

Enfin venaient quelques articles de dimensions plus
modestes, sur l'ouverture imminente du procès.

La lettre était de Lucie, tracée en lettres appliquées sur
un papier à lignes.

« Chère Claude,

» J'en avais marre qu'on me prenne pour une idiote,
j'en ai toujours eu marre, d'ailleurs. Cette Ninette, et toutes
les femmes que ton père a eues, je les détestais. J'étais
contente que ta mère soit malheureuse, contente de la voir
pleurer. A cause de ça, j'ai tout supporté. Longtemps, si
longtemps j'ai attendu qu'il me regarde. Et quand enfin
il m'a regardée, il était déjà vieux, et malade, et puis mort.
Quelle poisse. L'incendie, ce n'est pas Ninette qui l'a
allumé, tu t'en doutes. C'est moi, en profitant de ses leçons

pour les chiffons et pour l'essence. Ça leur apprendra, à ces endroits de cochons où ton père a usé sa vie. Je regrette qu'il n'y ait pas eu de morts, ça en aurait toujours fait quelques-uns de moins. Ça lui fera les pieds aussi à Ninette. C'est moi qui l'ai dénoncée, tu parles comme c'était facile. J'ai dit que je l'avais vue, avec les chiffons et le bidon. Comme on ne savait pas que je savais qu'elle avait des histoires avec ses patrons, on n'a pas eu de raisons de ne pas me croire. Ça m'est égal d'aller témoigner au procès ; quand elle sortira de prison je serai morte. Voilà. Ça m'a soulagé les nerfs, je te prie de me croire. Peut-être même que j'irai brûler la maison de ta mère, maintenant. A cette vieille bique, ça lui ferait les pieds pareil. Je sais que tu ne me dénonceras pas. Tu aurais trop de choses à expliquer, et puis surtout je sais bien que tu n'as pas envie de revenir ici pour remuer tout ça.

» Le portrait de Lollobrigida, c'est moi qui l'avais. Je lui ai volé, pour plus qu'il la regarde, pour pas qu'il fasse de comparaisons.

» Porte-toi bien.

» Lucie. »

Mlle Sourdillon tendait son long cou par-dessus les vitres dépolies, courroucée. Sa bouche traçait des mots véhéments que je ne pouvais pas entendre.

— J'arrive ! J'arrive ! ai-je beuglé à son intention, en déchirant en menus morceaux les articles et la lettre de Lucie qui me brûlaient les doigts.

Le portrait, je le mis de côté, dans l'intention de lire cette fameuse dédicace, plus tard.

» Qu'est-ce que vous aviez donc de si important à me dire, mon petit sourd ?

— Je vous en prie, ne m'appelez pas votre petit sourd ! On n'a pas gardé les cochons ensemble, que je sache !

— Ah bon ! Et qu'est-ce que vous croyez qu'on fait toute la sainte journée, sinon garder les cochons, mademoiselle Sourdillon ? Alors, qu'est-ce qu'il y a de si urgent ?

— Il y a que vous passez les heures de bureau à lire votre courrier personnel, voilà ce qu'il y a.

— C'est tout ?

— Oui, c'est tout. Ça ne vous suffit pas ? La conscience professionnelle, vous avez entendu parler ? Paul-Loup Pluvinel vous attend en salle de réunion, au cas où ça vous intéresserait.

— C'est qui, celui-là ?

— C'est *Finistère, là où finit la terre.*

— Allons-y, partons pour « là où finit la terre ». Tout un programme, mademoiselle Sourdillon, vous ne trouvez pas ?

J'aurais voulu lui dire que je l'aimais, que je l'adorais. J'aurais voulu sauter à son cou de girafe, pour l'embrasser. Brave Mlle Sourdillon ! Sans s'en douter, elle m'avait fait bondir à pieds joints, par son indiscrétion, dans le brave petit monde agité de notre bureau, de nos chères Éditions du patrimoine, avec ses tracasseries, ses mesquineries, ses pinaillages, ses combines pour plumer les auteurs.

Je m'en moquais, désormais, du Richelieu, et de la petite Barthélémy, et de la maison de ma mère. Qu'on mette le feu où on voulait, si ça pouvait rendre quelqu'un heureux. Je ne voulais plus en entendre parler.

Je suis entrée dans l'ancienne loge de concierge qui nous

servait de salle de réunion, et j'ai accueilli Paul-Loup Pluvinel avec un luxe d'effusions auquel il ne s'attendait pas. Et puis, nous avons longuement débattu, pour savoir si « Belle-Ile, la bien nommée », se placerait après ou avant « Lorient, port d'Occident », dans *Finistère, là où finit la terre.*

Bien plus tard, un jour de rangements, j'ai déchiré la photo de Gina Lollobrigida. C'était un portrait publicitaire, distribué par les studios, avec une dédicace préimprimée imitant l'écriture manuscrite.

C'est la saison des pluies. Il y a peu de chance qu'un touriste s'égare aujourd'hui dans ma rue. Je vais rentrer ma chaise, demander à mon voisin le quincaillier de venir m'aider à la monter dans l'appartement. L'escalier est étroit, je n'ai plus l'âge de ces acrobaties. Et puis, je vais remonter le store, déplier les volets de la vitrine, enfermer jusqu'à demain matin les gondoles en verre soufflé rose, le pot de mon père, les cavaliers de bronze, les Apollons en résine.

Avec un peu de chance, mon voisin le quincaillier acceptera de rester boire la grappa.

Nous feuilletterons *Venise, amour du bonheur, bonheur de l'amour*, et *Italie, la botte de mille lieux*, tous les restes de mon patrimoine.

Table

NORMANDIE IMPRESSION S.A. 61000 ALENÇON
DÉPÔT LÉGAL : SEPTEMBRE 1988. N° 10288 (88.1014).